TSUNAMI

MARC DUGAIN

TSUNAMI

roman

ALBIN MICHEL

Avertissement

La mort étant l'échec de toutes les vanités et de toutes les chimères qui rendent la vie supportable, l'homme s'est toujours passionné pour l'immortalité, cette faculté de faire perdurer indéfiniment son inconséquence. Des milliards de dollars sont investis dans cette recherche chaque année, en particulier par les géants du numérique dont le projet est d'en finir avec Dieu pour que l'homme dans son immense modestie puisse, en le remplaçant, occuper la place qui lui aurait été assignée par ce même Dieu dès l'origine. Mais tout cela n'est pas pour demain et il faut refroidir les enthousiasmes sur la possibilité d'aboutir prochainement. En revanche, ce qui est certain, c'est que dans les cinq prochaines années, en intervenant sur nos cellules directement, nous serons capables de les rajeunir d'un bon tiers de leur existence passée, certitude d'une cure de jouvence sans précédent. Ce livre tient compte de cette certitude.

Prologue

Je n'ai aucune idée de la destinée de ce texte. Je dirais qu'il appartient plus au domaine de la chronique qu'à celui des mémoires. Je n'ai pas l'intention de le publier de mon vivant ni de prendre des dispositions pour qu'il le soit après ma mort. Pourtant, si je fais l'effort de tenir cette sorte de journal en plus de ma charge, c'est qu'il y a une bonne raison, assez simple à expliquer : je veux avoir un miroir dans lequel je puisse me regarder. Ce livre existe pour retrouver l'homme que ma fonction ne me permet plus d'être, afin que je puisse me confronter à une forme de vérité, sans les accommodements auxquels on cède si facilement. Je sais parfaitement mentir, mais je ne veux pas le faire ici parce que je veux pouvoir continuer à me laisser aller aux exigences de ma charge, qui m'oblige à composer avec la vérité. J'ai appris de mes premiers pas dans cette fonction qu'on ne peut se confier à personne. Mais écrire pour soi-même est un art littéraire particulier et on n'y réussit finalement qu'avec l'idée de s'adresser aux autres.

1

J'entre au Conseil des ministres. J'y pénètre le regard posé au loin quand les ministres ont les yeux baissés sur leur dossier. C'est ce qui fait la différence entre nous. Certains vous diront que la Constitution qui encadre notre relation est usée. Elle l'est surtout d'avoir été trop longtemps dévoyée, même si elle a le mérite de s'accorder avec son temps.

Depuis mon élection en mai, lors d'un scrutin prématuré dont vous connaissez assez les raisons pour que je n'y revienne pas, l'essentiel de mon action politique a été consacré aux législatives, au fonctionnement parlementaire, aux alliances formelles ou informelles, et il est temps de marquer un grand coup. Je n'ai pas été élu pour faire semblant, ni pour jouer la montre en attendant une hypothétique réélection. Personne n'avait imaginé que je me retrouve là, mais maintenant que j'y suis, je ne vais pas me laisser endormir comme mes prédécesseurs.

Je lis dans les regards des ministres qui remontent lentement vers moi leurs interrogations sur mon implication dans l'affaire qui remue frénétiquement l'espace médiatique depuis quinze jours. Je ne sais pas si le terme de frénésie est plus approprié que celui d'hystérie mais en tout cas, on ne parle que de cela. L'armée des commentateurs a été mobilisée pour alimenter la sphère de la rumeur. La toile n'est pas en reste. Chaque ministre me sonde en espérant obtenir de l'expression de mon visage la vérité sur « l'affaire ». Je coupe court aux spéculations des uns et des autres en débutant le Conseil d'une voix calme et assurée :

– Je me présente à vous dans l'essence de la fonction présidentielle, telle qu'elle était à l'origine dans l'esprit du Général et telle que je la conçois comme inspirateur au-dessus des partis. Le projet de loi que nous allons adopter aujourd'hui est dans la droite ligne de mes ambitions. Il va nous permettre, par l'utilisation poussée de la technologie digitale, d'entrer dans une phase décisive de la lutte contre le réchauffement climatique qui, comme vous le savez, est une urgence absolue. La multiplication des canicules, des incendies, des inondations, des maisons fracturées par des sols arides qui se contractent (vingt mille pour cette seule année) est là pour témoigner que l'avenir incertain est devenu notre présent. Mes prédécesseurs ont laissé la maison brûler pour ne pas contrarier des intérêts qu'ils considéraient trop puissants pour eux ou par simple connivence… Je sais que certains jugent qu'il est trop tard mais c'est une façon de se donner bonne conscience de ne rien faire et je n'ai pas été élu pour cela. Aujourd'hui nous manquons gravement d'eau, d'énergie, mais surtout de modestie ! Nous nous croyons seuls au monde. L'individualisme forcené, le gaspillage, le mépris du vivant et des morts qui ont façonné nos paysages nous mènent au bord du gouffre et nous continuons à espérer, béatement, sans raison valable, alors que la vie disparaît tout autour de nous sans autre fracas que celui de notre inconséquence.

Voilà pour les grandes phrases. C'est bien, en plein Conseil des ministres, de débuter dans les hauteurs, mais il faut créer tout de suite derrière un effet de « sidération pragmatique ». C'est ma façon de communiquer et je la crois efficace. J'en viens donc immédiatement à expliquer que l'évolution du numérique nous permet désormais de tout savoir sur un individu avec une précision diabolique :

– Tout ce qui concerne les actes d'un citoyen peut être recensé, collecté et traité par un algorithme, qu'il s'agisse d'achats de biens de consommation, de dépenses d'énergie, d'eau, de déplacements, et tous ces actes créent des données que l'on peut traiter. Raison pour laquelle il est simple d'établir un bilan carbone individuel et donc une responsabilité tout autant individualisée dans la contribution de chacun au réchauffement climatique et à la dégradation de l'environnement.

Les citoyens seront informés des conséquences de leurs actes. Si, par exemple, la viande consommée vient d'Argentine, cela donne un poids de CO_2 au kilo qui tient compte de la façon dont elle a été élevée et transportée. Qu'elle vienne de France et le consommateur saura exactement ce qu'elle a coûté en carbone et en eau pour la produire. Le citoyen prendra conscience que le fait de voyager en avion pour un prix dérisoire ne le dispense pas d'être responsable de la tonne de CO_2 relâchée dans l'atmosphère pour son seul voyage. Et ainsi de suite jusqu'à l'établissement d'un bilan carbone et hydrique de chacun synthétisant l'ensemble de ses consommations. Le comportement du citoyen consommateur sera celui d'une personne informée puisque chaque produit vendu devra afficher son bilan carbone. Cela permettra en fin d'année de comparer ce bilan individuel à une norme que nous allons fixer et qui donnera lieu à un bonus fiscal ou, dans le cas contraire, à un malus fiscal. Il faut viser le consommateur… et le rendre vertueux. Et on appellera ça le passe environnement individualisé. Évidemment, responsabiliser brutalement des citoyens qui en ont perdu l'habitude, j'imagine que le projet ne passera pas sans heurts, mais tant pis !

Je finis en insistant sur ma détermination :

– J'ai des armes pour convaincre et je suis prêt à les utiliser toutes. C'est le grand projet et le test décisif de ce mandat. Je ne lâcherai rien parce que c'est la première mesure d'un plan d'urgence climatique qui est aujourd'hui, comme on le sait, une absolue nécessité. On s'est caché longtemps derrière de bonnes raisons de ne rien faire : la crise sanitaire, la guerre en Ukraine, la crise énergétique, des crises conjoncturelles dont on s'est servi pour occulter la plus grande crise structurelle de notre histoire.

Mon exposé terminé, il n'aura échappé à aucun des ministres que j'ai exclu du calcul du bilan carbone individuel le temps d'utilisation des écrans, de tous les écrans, téléphones, ordinateurs, qui représente une part croissante de la consommation mondiale d'énergie. Faire tourner des algorithmes, refroidir des ordinateurs gigantesques en requiert énormément, j'en suis conscient mais on ne peut pas s'attaquer à toutes les grandes industries en même temps et j'ai des raisons de ménager ceux qui m'ont donné un coup de main. On doit toujours quelque chose à quelqu'un.

Cet épisode en dit long sur ma vision de la politique : réformer le plus loin possible dans l'intérêt général, sans s'interdire de faire descendre les gens dans la rue tout en sachant comment les ramener chez eux. Les Français sont bouillonnants, mais ils refroidissent plus vite qu'on ne le pense. La fonction oblige à composer avec des intérêts puissants. Tous mes prédécesseurs l'ont fait et je ne suis pas en reste. Je n'ai tout simplement pas choisi les mêmes qu'eux.

Ma fonction m'oblige à ne pas me mentir sur l'état du monde. L'avenir ? Il n'est pas au libre arbitre, ni à l'esprit critique structuré par la connaissance : il est à la servilité croissante de l'individu, au mieux dans l'illusion de sa liberté, et le métavers est la consécration de tout ça. Il donne à chacun l'opportunité de vivre une autre vie que la sienne dans la sphère digitale, ce qui présente l'énorme avantage de le faire doucement renoncer à changer le vrai monde.

Ce monde qui est là, personne n'a voulu le voir venir, c'est celui de l'asservissement volontaire d'une espèce à une technologie que les plus intelligents, dès l'origine, ont conçue comme un immense filet de pêche. Orwell croyait à la vérité. C'est ce qui rend *1984* obsolète. La vérité a perdu sa nécessité, la réalité devient secondaire et les maîtres des illusions dominent le monde. Ni alternative ni retour en arrière possible.

Mon pessimisme, que je garde évidemment pour moi, me porte à penser qu'avec la réalité virtuelle, on s'apprête à quitter définitivement le vrai monde pour en laisser le contrôle absolu à une poignée d'individus qui s'affirment comme une élite invisible et intouchable.

Une fois qu'on a compris ces paramètres, reste à savoir comment les Français peuvent en tirer parti.

J'évolue dans un monde totalement suranné, celui de la présidence. Il ne manque pas de charme pour autant.

Tout y est organisé pour nous rappeler le passé, le cultiver, probablement parce que c'est là, plus que dans l'avenir, que se forge le peu de sacré qui reste attaché à ma fonction.

2

Le Conseil des ministres terminé, je retrouve la solitude de mon bureau. Son ameublement est ostentatoire comme le sont depuis des lustres les lieux de pouvoir chargés de signifier la domination. Je sais que ma tranquillité va durer quelques minutes au plus. Un temps précieux pour réfléchir, qu'on me concède rarement. Parce que tout est action, dans une fébrile impatience. Pourtant, les institutions prévoyaient à l'origine que le président laisse au gouvernement le soin de gouverner, lui se réservant les relations internationales et les grandes perspectives. C'est dans cet esprit que je me suis fait élire et j'entends que le gouvernement gouverne, que le Parlement parlemente et que j'élabore les grandes orientations du futur.

À mon domaine réservé correspondent des armes spécifiques, la dissolution de l'Assemblée et le référendum. Je trace la voie et je refuse d'être contraint à la palabre du quotidien. Une petite armée de conseillers fait le tampon avec le premier ministre, que je reçois chaque semaine, et les ministres, que je ne vois qu'au Conseil des ministres, sauf cas particulier. Cette distance est à mon avis la condition pour que le système respire. C'est ce que je dis toujours à Sénéchal, le secrétaire général de l'Élysée : « Fini l'omni-président, je veux me restreindre à n'être que la pensée et le sacré », sachant que l'un et l'autre ont un peu manqué ces dernières années. Voilà pour les principes auxquels j'essaye de me tenir.

Guimard fait son entrée dans mon bureau comme chaque semaine, d'un pas bonhomme, la mine enjouée. Il boite légèrement, une atteinte de la goutte.

Comme premier ministre, j'ai choisi mon exact opposé, un petit homme rond, ancien vice-président du Sénat, rompu à la politique politicienne, maîtrisant parfaitement les ressorts de la France qu'on dit profonde. Alors que j'ai accédé à la magistrature suprême la première fois que je sollicitais un mandat, Baptiste Guimard les a presque tous obtenus, sauf le mien, et il semble s'en satisfaire. C'est un fin politicien qui se fait une idée de la France qu'il garde pour lui-même pour ne pas se mettre en porte-à-faux lorsque ses capacités d'adaptation le mènent au-delà de ses convictions.

Il a une quinzaine d'années de plus que moi et de mon point de vue il est le représentant le plus achevé de la France d'hier, d'une vision transversale de la politique et des réseaux qui y sont associés, ce qui fait qu'il a tissé une toile d'amis indépendamment de son bord politique limité en théorie par les extrêmes. Il vit la politique comme une passion unique et sereine. Son seul défaut, qui nous rend complémentaires, c'est son incapacité à se projeter dans le futur. Il peine à discerner ce monde de demain qui est déjà là. Il fait partie du personnel politique qui n'a jamais intégré autrement qu'en surface le réchauffement climatique, la révolution digitale et la fracturation du monde entre les démocraties et les régimes autoritaires qui menacent l'humanité. Il ne s'attendait pas à être nommé premier ministre et je crois qu'il m'est reconnaissant d'avoir pensé à lui. Il est la rondeur, je suis les angles. À l'instant le voilà qui cherche ses mots :

– La rumeur n'en finit pas de gonfler… comme quoi vous seriez le consommateur final.

– On s'en serait douté, non ?

– Oh oui, bien sûr. C'est une sacrée aubaine pour eux, cette histoire, ça leur permet de dire n'importe quoi. Un esprit tordu vient ainsi d'appeler l'Élysée « la Maison Poudre blanche » ! Ça va vous égratigner, c'est certain, mais il fallait bien commencer les ennuis par quelque chose et ce n'est pas si grave que cela. Je me souviens lorsque je passais des vacances à Marrakech d'avoir été pris par un chauffeur privé dans une voiture neuve et rutilante et, comme je l'en félicitais, il m'a dit qu'il attendait avec impatience de la cabosser une première fois pour éloigner le mauvais œil. Je repensais à cela en quittant Matignon tout à l'heure, voilà la bosse qui devrait éloigner le mauvais œil jusqu'à la fin du mandat ! Pour le reste, comme disait Chateaubriand dont je n'ai pas lu les *Mémoires* jusqu'au bout : « Soyez avare de votre mépris, il y a tant de nécessiteux. » Ce qui est intéressant aujourd'hui, c'est que, dans le complotisme ambiant, les hypothèses raisonnables deviennent farfelues et réciproquement.

Cette démonstration de pragmatisme est habile à me faire comprendre qu'il pense savoir la vérité mais que cela ne l'inquiète ni ne le choque outre mesure.

3

Après cet intermède, le secrétaire général de la présidence nous rejoint. Il est de tous ceux qui m'entourent le plus proche, Marion, ma conseillère en communication, mise à part. La relation entre Sénéchal et moi ne fait pas de place à l'affectif, je crains qu'il en soit incapable, à moins de forer à des profondeurs insondables. Si je devais le définir, je dirais qu'il est à la politique ce que la plante d'intérieur est à la botanique. Il se contente de peu de lumière et d'énergie tirée des astres pour faire fonctionner une mécanique encyclopédique formée aux plus grandes écoles de la République, dont il est sorti dans les premiers. J'imagine qu'il a compensé un manque flagrant de confiance en lui par une accumulation de diplômes qui forcent désormais la considération et nourrissent le procès en arrogance que lui font les médiocres.

De ce point de vue, il est l'exemple parfait de la méritocratie à la française mais, comme souvent dans notre pays, le terreau d'une situation familiale privilégiée a beaucoup aidé à sa réussite. Il n'a ni sexualité ni affectivité, travaille dix-huit heures sur vingt-quatre, semble considérer que les sentiments sont une corruption de la pensée et il a accepté sa nomination à la seule condition de pouvoir amener avec lui au château son shiba inu, un horrible petit chien dont il ramasse lui-même les déjections dans les jardins de l'Élysée avec des sacs en plastique noirs prévus à cet effet. Il est par ailleurs très épris de culture japonaise et pratique l'aïkido deux fois par semaine. Il m'a été recommandé comme l'esprit le mieux fait de la génération qui précède la mienne. Partant du principe que nul ne peut être plus intelligent que lui, il réserve toutefois son arrogance moqueuse à d'autres que moi parce qu'il respecte ma fonction, plus que mes qualités personnelles. D'ailleurs, lors de notre premier entretien, il m'avait fait part de son admiration pour le coup politique que je venais de réaliser en me faisant élire contre toute attente. Il ne manque pas d'humour à l'occasion et il en fait preuve en entrant dans le bureau en exhibant, référence aux ennuis qui ont commencé, un de ces petits sacs noirs en plastique prévus pour son chien :

– J'espère que ça suffira, je n'ai pas la taille au-dessus.

Il est le seul que je tutoie en dehors de Marion, ce qui donne à nos interlocuteurs le sentiment que nous faisons corps, lui et moi. Mais je l'appelle toujours par son nom de famille pour conserver une distance amicale.

Nous évoquons longuement tous les trois ce qui est

devenu « l'affaire ». C'est une sale affaire qui fait peser sur moi de terribles présomptions, justifiées d'ailleurs, je ne me le cache pas, mais je suis bien le seul. Pris à l'échelon du pays, de la planète, du cosmos, c'est un truc minuscule mais qui a, il faut le reconnaître, un énorme potentiel de scandale. « Les petites blessures conduisent parfois à de terribles gangrènes », dit Sénéchal, qui ne sait pas tout mais qui a de l'imagination et ne sous-estime pas la propension de cette histoire à compromettre notre projet politique. Devant le premier ministre, il minimise l'incident. Mais ce truc, puisqu'il faut bien en parler, a une histoire.

4

Depuis le début de la campagne électorale qui a conduit à mon élection, mon monde a basculé. Dans mes précédentes fonctions, j'étais habitué à beaucoup travailler et à beaucoup voyager, mais jamais rien ne m'avait conduit à une telle activité. Nous vivons dans un monde de compétition ; ce qui nous occupe à longueur de journée, c'est la concurrence entre individus, et quand les gens se reposent, ils le font en regardant d'autres compétitions. Un tel niveau de rivalité, que ce soit dans le sport, le travail ou la politique, peu d'individus peuvent l'assumer durablement sans se faire aider.

En politique, il n'y a pas de contrôle antidopage, probablement parce que l'on considère que le fait de se doper ne change pas fondamentalement les règles. Certains de mes prédécesseurs ont eu recours à la cocaïne à haute dose, d'autres aux amphétamines, d'autres n'ont rien utilisé. Mais avant de jeter la pierre à quiconque, je crois que peu de gens se représentent l'effort surhumain que demande une campagne présidentielle. D'autant qu'elle n'est pas suivie par des vacances sur une plage de sable fin mais par une immersion immédiate dans une réalité qui exige une réactivité de tous les instants. Le président est le mâle alpha d'une meute qui le met à mort à la moindre faiblesse. S'il était remplacé par une femelle dominante, cela ne changerait rien à l'affaire. J'avais mesuré cela avant de m'engager mais pas à ce point-là, je dois le reconnaître. D'autant que je ne viens pas du sérail, de leur sérail. Je suis une écharde qui s'est insinuée sous la peau d'un de leurs ongles. Ils la voient en transparence, elle est douloureuse et ils réfléchissent à tous les moyens de l'extraire.

Mon prédécesseur, c'était différent, il avait réussi dans un premier temps sur la base d'un très bon dossier scolaire et d'une intrépidité fondée sur l'effondrement des partis classiques donnant aux virulents une vigueur nouvelle. Ce vieux nourrisson de la politique, profondément néolibéral, était aussi rapidement devenu maître dans l'art de conjuguer savoir-faire, faire savoir et faire semblant. Le faire semblant s'ajoutant à un profond manque d'empathie pour le peuple, les ennuis avaient commencé après une période de grâce délicieuse, puis le peuple, le vrai, s'était mis à le détester. Son échec, qui n'était pas seulement le sien, tenait aussi à cette désaffection croissante des électeurs pour le vote qui avait réduit la base électorale de notre démocratie à largement moins de la moitié des inscrits.

Une réalité qui frappait particulièrement les jeunes de toute origine, de toute classe sociale, qui trouvaient que le spectacle ne valait pas le déplacement aux urnes, pas même un dimanche de pluie. Ils étaient fatigués du lyrisme mensonger, des promesses non tenues, et cette lassitude submergeait de loin la satisfaction de vivre en démocratie, dont ils ne percevaient pas la fragilité. La voir se faner les laissait indifférents, sentiment largement alimenté par celui de l'impuissance à régénérer ce qui leur semblait un conservatoire des conservatismes. Pendant les deux mandats précédents, la démocratie était devenue un « truc » de vieux. Il faut ajouter qu'on avait habitué les jeunes à se comporter plus en consommateurs qu'en citoyens et ils ne comprenaient pas qu'à l'heure où on pouvait commander une paire de baskets sur Amazon et la recevoir le lendemain matin, il faille se déplacer soi-même aux urnes.

De même, en cas d'insatisfaction, ils ne pouvaient pas comme pour n'importe quel produit renvoyer le politique pour lequel ils avaient voté, ça leur paraissait incongru à l'heure du tout-numérique. On sentait aussi la frustration de ne pas pouvoir, depuis leur ordinateur ou leur smartphone, voter en continu sur chaque sujet plutôt que de confier l'expression de leurs idées à un intermédiaire qu'ils ne jugeaient pas plus compétent qu'eux, quel que soit le sujet. Car internet leur donnait un sentiment largement répandu d'omniscience, ils se sentaient aussi médecins que les médecins, aussi scientifiques que les scientifiques et surtout aussi juges que les juges. Ils ne voyaient donc pas bien quelle compétence pouvait leur faire défaut au point de leur interdire de s'exprimer en direct sur tous les sujets.

La question du dopage en politique est une question sensible parce qu'elle vous met automatiquement en contradiction avec votre discours sur la lutte contre la drogue, incontournable quelle que soit votre orientation politique. Que vous soyez pour ou contre la libéralisation des drogues douces, vous êtes obligé de vous opposer à la prolifération des drogues dures, dont la cocaïne fait partie, ce n'est qu'un exemple. La réalité, c'est que si on ouvrait les vannes des drogues dures, les sociétés occidentales s'effondreraient comme on l'observe aux États-Unis, où malgré une lutte acharnée contre les trafics, le pays s'enfonce de toutes parts dans les paradis artificiels. Les pauvres crèvent d'être trop pauvres et sans perspectives, les riches s'encouragent à être encore plus riches et à jouir de l'être autant quand d'autres le sont si peu. La drogue, c'est un peu la réalité virtuelle de l'ancien monde. Sans elle, Wall Street n'existerait plus, alors tout le monde se satisfait de ce jeu où l'on dépense énormément d'argent et de moyens pour maintenir le trafic à un niveau plus ou moins acceptable.

Mais qui a le courage de répondre à la question de savoir pourquoi tant d'adolescents, à peine entrés dans la vie, veulent y échapper par des moyens artificiels ? Contrairement à ce que je connais des animaux, c'est une caractéristique proprement humaine que de s'esquiver devant sa propre existence, de la mettre soi-même en danger en prenant des risques inconsidérés, en abusant de tout ce qui peut nous détruire ou en participant collectivement à ces épisodes d'hystérie suicidaire. Comme si convoquer la mort était une façon essentielle d'exister.

5

Je n'y avais jamais vraiment touché avant la campagne mais j'en avais d'autant plus besoin que je ne suis pas, à l'origine, un homme de contact. Et je dois confesser, puisque c'est le lieu pour le faire, qu'une certaine image du peuple me fout les jetons. « Souvent la foule trahit le peuple », disait Victor Hugo, et c'est cette foule que je crains quand ses mouvements vont résolument contre les intérêts du peuple. La sympathie qu'il m'inspire parfois peut facilement être submergée par la peur que provoquent sa mélancolie besogneuse, une certaine vulgarité et sa résignation devant ces vies miniatures où il n'est question que de consommer un peu plus entre les murs d'un jardin tenu au cordeau qui marque les limites d'une maison regrettable. Leur esthétique de la vie m'est étrangère autant que leur résignation, ce qui arrange bien des intérêts, dont les miens d'une certaine façon. Mais je n'ai pas pour les ultrariches, que j'ai depuis quelque temps l'occasion de côtoyer, plus de considération. Leur façon d'être, leur morgue, est d'une plus grande vulgarité encore que ne peuvent l'être certaines personnes du peuple, parce qu'ils n'ont, eux, aucune excuse.

La coke, donc, m'a beaucoup aidé à me laisser aller au milieu des foules. L'affirmation de sa propre puissance n'est pas un exercice aussi facile qu'on le croit et cette substance donne le sentiment du caractère irrésistible de sa propre intelligence. J'ai très vite senti la nécessité de dépasser la fatigue et les états d'âme qui l'accompagnent. À partir du moment où j'ai commencé, je n'ai plus arrêté. La campagne terminée, il me fallait l'énergie de mettre rapidement en œuvre ce que j'avais promis, j'ai donc continué. Je ne crois pas qu'à aucun moment j'aie été en proie à une quelconque forme d'addiction physiologique, mais psychologiquement j'étais dépendant du personnage que j'avais créé depuis que j'usais de cette substance, ce type brillant, percutant, jouissant d'une sorte d'évidence du pouvoir.

Je n'ai vu que des avantages à l'usage de ce produit miraculeux, jusqu'à ce que j'en sois brutalement privé dans des circonstances qui méritent de s'y arrêter.

La question qui vient immédiatement à l'esprit quand on parle de substances artificielles prohibées, pour quelqu'un qui a autorité pour en réprimer le commerce illégal, c'est comment s'en procurer sans risque. Je ne m'imaginais pas engager au palais un conseiller spécial déguisé en racaille, capuche sur la tête, lunettes de soleil les jours gris, démarche chaloupée dans un bas de survêtement trop large, en charge du dossier. D'ailleurs, honnêtement, je n'ai pas pensé en prendre avant que la succession de meetings ne m'épuise. Après un mois de campagne, j'étais prêt à renoncer à cet exercice incantatoire que je répétais jour après jour, de ville en ville.

Le seul endroit où je me sentais moi-même, en confiance, c'était sur l'estrade. La salle plongée dans le noir, les projecteurs braqués sur moi, la foule semblait avoir disparu. Un politicien en campagne, c'est un peu comme un prêcheur qui cherche à rassembler le plus de fidèles possible derrière lui. Il doit donner le sentiment d'être habité, de transcender l'ordinaire de la vie de ceux qui le regardent, il doit fasciner en donnant aux illusions la texture du probable.

C'est un peu le lot de tous les candidats à la magistrature suprême que de déployer une énergie extraordinaire à conquérir le pouvoir pour ensuite consacrer ce qu'il reste de cette énergie à maintenir les choses en l'état.

6

Des liens se créent dans une équipe de campagne, même si certains sont éphémères. Ma communicante ne me quittait que la nuit. Marion est une femme qui pose sur l'humanité un regard sans complaisance et qui ne se laisse pas facilement attendrir. La quarantaine fraîchement dépassée, elle s'est imposée dans son agence de communication au point d'en prendre la tête. Je l'ai connue dans ma vie de chef d'entreprise et c'est elle qui m'a motivé à me présenter. J'ai naturellement pensé à elle pour continuer à gérer mon image. Je crois qu'elle a été sensible au fait que je me présente avec une proposition originale visant à soustraire le pays à un populisme qui a continué à progresser pendant le mandat écourté de mon prédécesseur.

Marion est délibérément insaisissable, ce qui la rend d'autant plus attachante, parce que malgré cela elle est loyale. C'est elle qui a recruté une bonne partie de mon équipe de campagne parmi des jeunes motivés et désireux de porter un projet aussi ambitieux que le mien, il faut le dire. Parmi eux, une jeune femme prénommée Adèle s'est distinguée, dévouée, infatigable, efficace, avec une intelligence des situations qui me faisait lui prédire un bel avenir. Je le lui ai dit, d'ailleurs. Elle est assez jolie et séduisante et j'ai craint qu'une relation ambiguë se noue entre nous à cause de cet enthousiasme parfois un peu excessif qu'elle me manifestait, jusqu'au moment où j'ai appris de Marion que sa préférence sexuelle allait aux femmes. J'en ai été, d'une certaine façon, soulagé. Ce n'est que plus tard dans la campagne que j'ai découvert que Marion entretenait une relation avec elle. J'aurais pu en conclure un peu rapidement que Marion était lesbienne mais ensuite, à l'occasion d'une soirée suivant un meeting déprimant dans une contrée qui m'était plutôt hostile, elle s'est laissée aller à des confidences sur le fait qu'elle aimait les femmes plus jeunes qu'elle mais aussi les hommes plus vieux. J'aurais pu y voir une invite troublante mais je m'interdisais alors ce genre de perspective.

J'ai réalisé à quel point je connaissais mal mon propre pays quand j'ai entamé cette tournée fastidieuse de grandes villes en bourgades moyennes et en villages de campagne où les mentalités sont figées à une époque indéterminée. Le passé semble y avoir plus d'avenir que le futur. Les grands enjeux du siècle paraissent bien loin des préoccupations quotidiennes de tous ces gens. Elles tournent autour de leur boulot, de leurs primes, de la scolarité chaotique de leurs gosses… Exclue de la fête capitaliste, sans véritables perspectives, cette France-là cultive l'amertume et la rancœur.

Quand j'y repense, nous avons réalisé une campagne parfaite, un sans-faute.

C'est donc Marion qui, me voyant à la peine, m'a suggéré d'augmenter mes capacités de résistance à la fatigue en utilisant de la cocaïne. Elle m'a avoué qu'elle en prenait depuis quinze ans. Pas d'alcool, pas d'herbe, pas de haschich qui endorment, fatiguent, ralentissent les neurones. Tout le contraire de ce qu'on espère. Elle était méfiante vis-à-vis des amphétamines et de leurs effets à long terme. Elle m'a garanti qu'avec la coke, je ne courais pas le danger d'une addiction physique. Elle m'a toutefois prévenu du risque de griserie narcissique qui me guettait.

Quand nous en sommes arrivés à la question de l'approvisionnement, elle m'a dit qu'Adèle s'en chargeait discrètement pour elle. J'ai hésité un moment à ne rien vouloir savoir de la façon dont elle se fournissait, mais j'ai trouvé que ce n'était pas prudent. Finalement, Marion m'a révélé qu'elle était en relation avec une femme qui avait accès aux scellés des douanes. C'est quoi, les scellés ? Trois fois rien, juste l'endroit où sont stockées les saisies. Selon elle, elle n'était pas la première à utiliser cette filière, que ce soit celle des douanes, de la police ou de la gendarmerie. Toujours selon Marion, certains avaient encore le souvenir d'une ancienne ministre venant prendre une livraison pour son président dans sa voiture officielle. Que d'autres l'aient fait avant nous ne me rassurait pas pour autant.

Toujours est-il qu'un soir de campagne dans une ville du Sud plus sinistre que je ne l'imaginais, après un meeting plutôt décevant durant lequel je n'étais pas parvenu à galvaniser la foule, alors que nous buvions, Marion et moi, un verre au bar d'un hôtel assez quelconque, ma conseillère m'a convaincu que je ne prenais aucun risque à toucher à l'interdit. Marion s'approvisionnait par ce biais depuis assez longtemps pour que la combine soit éprouvée. Et d'ajouter : « Si un jour Adèle a des ennuis, on remontera peut-être jusqu'à moi et je servirai de coupe-circuit pour qu'on ne puisse pas t'atteindre. »

Quand vous faites campagne, il se crée des priorités et j'ai très vite arrêté de penser à la façon dont ce dopant me parvenait. Adèle ne me livrait jamais directement, Marion me fournissait sous forme d'enveloppes qu'elle me glissait au vu et au su de tout le monde.

J'imaginais qu'une fois élu, ce besoin allait s'éteindre naturellement. Mais il n'en a rien été, parce que la fatigue accumulée pendant la campagne et la nécessité de débuter mon mandat en frappant les esprits m'ont obligé à continuer. Vous ne pouvez pas imposer un parcours monstrueux aux participants du Tour de France avec une succession de cols à la verticale sans favoriser une aide extérieure. De la même façon, on ne peut pas demander à un homme seul d'assumer la responsabilité de plus de soixante-dix millions d'individus dans un pays où il concentre autant de pouvoir entre ses mains, sans s'imaginer le recours à des béquilles. La fonction est particulière car héritée d'un mélange coupable de haine et de fascination pour la monarchie. Le président a la lourde tâche d'assurer à la fois le sacré et le temporel dans un contexte de laïcité exacerbée et il m'arrive de penser, dans le secret de mes réflexions intimes, que la fonction est dépassée. En tout cas elle devrait l'être après soixante-dix ans d'existence sous sa forme actuelle, si notre pays n'était pas celui de la révolution… à condition que rien ne bouge. Concentrer autant de responsabilités entre les mains d'un seul homme relève d'une conception fossilisée du pouvoir, que la modernité de la société dans laquelle nous évoluons ne devrait plus nécessiter. Je vis, d'une certaine façon, la lente tragédie d'une fonction dessinée pour un homme exceptionnel à un moment de l'Histoire qui ne l'était pas moins, quand après les affres de la collaboration, la Résistance se devait d'être exaltée.

Le Général, mon glorieux prédécesseur, s'est acharné à restituer à la France son honneur. Mais que reste-t-il de ce trésor politique ?

Tout cela n'aurait pas grande importance si un incident pour le moins anodin n'avait pas dégénéré.

Il y a quelques semaines, Adèle profitait de sa

semaine de repos pour rendre visite à sa mère en banlieue. L'enfer est peuplé de petites probabilités comme celle qui a voulu que son train la ramenant gare du Nord s'arrête à quai au même moment que le TGV en provenance d'Amsterdam. Elle était allée s'approvisionner le matin même dans Paris et avait passé la journée avec sa petite cargaison dans son sac à dos.

Les douaniers volants étaient occupés à vérifier le contenu de la valise d'une jeune femme qui revenait d'Amsterdam, qu'ils avaient ouverte en grand sur le quai au vu et au su des autres voyageurs. Son linge, ses sous-vêtements, bref son intimité, étaient offerts aux regards des passants et Adèle a trouvé cela assez choquant pour le dire aux agents de la douane. Saine réaction mais inconsidérée dans le contexte. Du coup, ceux-ci, vexés, lui ont demandé d'ouvrir son sac à dos, ce qu'elle a refusé de faire. Mais le labrador des douanes a commencé à frétiller à l'odeur qui se dégageait dudit sac. Après avoir longuement résisté, elle a finalement cédé à la fouille, qui a révélé une pochette plastique de taille moyenne pleine de poudre blanche. Elle a été emmenée par les douaniers et à peine avaient-ils appris qu'Adèle travaillait pour la conseillère en communication du président que la nouvelle s'est propagée. Réseaux sociaux, chaînes d'information en continu, l'os à ronger était de taille, les experts et les commentateurs ont été immédiatement convoqués : chacun se refusait à supputer ouvertement que la drogue était destinée au président, sans toutefois ménager les sous-entendus.

En garde à vue, Adèle n'a rien lâché, répétant sans cesse qu'elle était destinée exclusivement à sa consommation personnelle.

7

Je ne sais pas comment dire à mon bras droit que le mobilier pompeux de mon bureau, loin de me conforter dans ma fonction, nuit à ma réflexion sur les grands enjeux de la modernité. Je m'en ouvre à Sénéchal, qui m'a rejoint sans son chien, pour une fois. Mais il est plus préoccupé par les répercussions du projet de loi auquel on juxtapose déjà le sobriquet de « Prison verte ». Son annonce a mis le feu aux réseaux sociaux comme si cette individualisation de la responsabilité écologique de chacun était obscène. Soixante-cinq pour cent des Français voient le traitement de l'urgence climatique comme une priorité, mais les premiers sondages donnent aussi soixante-cinq pour cent d'opposants au principe de l'individualisation de la responsabilité. Auxquels s'ajoutent des centaines de lobbies éructant contre l'idée d'arrêter de faire semblant.

– On va avoir tout le monde dans la rue et probablement pas de majorité au Parlement, annonce-t-il d'un ton dramatique. Je parie même que des députés de notre groupe vont s'y opposer pour se protéger de la vindicte populaire. On se prépare un cauchemar.

– L'essentiel, c'est qu'on se réveille ensuite. Je ne lâcherai rien, Sénéchal, rien, c'est ma responsabilité vis-à-vis des générations futures. Mes prédécesseurs ont volontiers confondu les intérêts particuliers avec l'intérêt général. Ne pas fermer une usine qui enfume une vallée au nom de l'emploi, c'est défendre des intérêts particuliers. Ne pas défendre des enfants contre l'épandage de pesticides à cinq mètres de leur maison, c'est refuser d'imposer l'intérêt général. Et essayer de faire croire aux gens que notre agriculture est écolo-compatible est une imposture ! Tu sais ce que représente cette loi ? La fin de la dictature de l'offre sur la demande. Je ne réglemente pas les industries polluantes, je me contente de sanctionner fiscalement ceux qui recourent à leurs produits.

– Mais tu ne t'es pas vraiment fait élire sur cette base.

– Sur le fond, si. Sur la forme, je n'en ai pas parlé, mais on peut toujours dire que j'ai découvert une réalité encore plus préoccupante, ce qui n'est pas mentir. Veux-tu que je te dise le fond de ma pensée ? Les Français sont beaucoup trop égoïstes pour éviter une catastrophe écologique majeure sans de fortes contraintes. C'est simple, moi je fais de la croissance verte : tu te comportes bien, tu gagnes plus, tu te comportes mal, on te siphonne, et si tu gagnes plus, tu es obligé de le dépenser dans du vert, sinon on te presse comme un citron. Je veux créer un effet d'entraînement inexorable.

La sonnerie d'un de mes portables nous interrompt. C'est mon smartphone personnel. De l'autre côté, une voix fluette et un peu gênée :

– Bonjour, monsieur, ici la maternité de Bourges, c'était juste pour vous dire que votre fille est née, qu'elle va bien, tout comme sa mère, qui m'a donné votre numéro pour vous prévenir.

Un bref silence s'installe.

– Merci beaucoup, je savais que la naissance était prévue dans ces eaux-là, merci, madame.

On se quitte, aussi soulagés l'un que l'autre.

Je raccroche et, en relevant la tête, je tombe sur le visage inquisiteur de Sénéchal, qui s'est éloigné mais pas assez pour ne pas avoir entendu des bribes de cette courte conversation. J'hésite à lui en dire plus. Mais c'est de ma vie privée qu'il s'agit. Encore que cette notion n'existe pas vraiment dans ma position. Ou si peu. Tout a été passé au peigne fin, ma fortune, ma femme, ma sexualité, mes goûts littéraires et musicaux, mes inclinations. Mais il doit rester un jardin secret, même si celui-ci est de la taille d'une nappe de guéridon. La joie de cette naissance est aussitôt contrariée par la nécessité de la garder confidentielle. À ce stade, la situation est en effet un peu compliquée à expliquer.

Je me laisse tomber dans un fauteuil Louis XVI aimablement fourni par le Mobilier national, dans lequel bien des princes ont dû poser leur séant. Je sors une cigarette d'une boîte en métal ciselé. Sénéchal me fait signe qu'il en veut une. Je manifeste mon étonnement parce que je ne l'ai jamais vu fumer.

– J'ai décidé de commencer à l'âge où les autres s'arrêtent.

On en revient à notre sujet, qu'il aborde en fronçant les sourcils :

– Je crois qu'on va réussir à fédérer à peu près tout le monde contre nous, sauf quelques écolos radicaux qui n'ont pas voté pour toi.

– Le génie de De Gaulle a été de revenir au pouvoir pour garder l'Algérie française alors qu'il savait déjà depuis longtemps que la cause était perdue. Notre cause est encore plus cruciale et comme toutes les grandes causes elle suppose de faire lever les passions. Bien que cela puisse paraître contradictoire, le coup d'État est parfois indispensable en démocratie.

– Mais tu es d'accord qu'en sortant le numérique de la dégradation de l'environnement, on trompe l'opinion ?

– Nous n'avons pas le choix ! Sans le numérique, je ne serais pas au pouvoir, c'est la vérité. Les géants du digital, ces horribles GAFAM, vont nous aider à dégager les industries traditionnelles de leur position dominante en les obligeant à changer leurs pratiques parfois honteuses. Si on attaquait ces lobbies de face, on serait sûrs de perdre. En influant lourdement sur le consommateur, on sera gagnants.

– On va t'accuser de collusion avec eux.

– C'est moins grave que d'être comme mes prédécesseurs sous la coupe des lobbies pétroliers, de l'agroalimentaire, de la chimie phytosanitaire, dont l'avidité et l'irresponsabilité ont conduit à la destruction d'une grande partie de la vie, tout ce monde-là jouant la petite musique de la démocratie. Or, en pratique, on parle de l'asservissement du plus grand nombre à un modèle suicidaire de consommation et de gaspillage pour le seul bien de leurs actionnaires.

Sénéchal prend acte de ma position en ajoutant un soupir au geste d'écraser sa cigarette dans le cendrier en cristal :

– L'avantage, c'est qu'avec tout ça, ils en oublient notre fâcheuse affaire…

Je le sens préoccupé et contrarié parce que sa formidable mécanique intellectuelle tourne en rond. D'un côté, il est convaincu de la nécessité du projet de loi, de l'autre, il ne voit pas comment on pourra l'imposer. Comme souvent lorsqu'il se sent coincé, il bondit sur un autre sujet. Il me regarde, suspicieux.

– Si quelque chose d'autre te fragilisait, tu me le dirais ?

– Quelque chose d'autre ?

– Oui, comme cette histoire de poudre… Je préfère prévenir que guérir, d'autant que nous allons entrer dans un rapport de force très violent avec le projet de loi.

Je lui souris.

– Non, je ne vois pas.

Toutefois il existe autre chose, de bien plus grave. Une faute. Il faudra sans doute lui en parler un jour, mais ce n'est pas le moment opportun. Malgré la grande confiance que j'ai en Sénéchal, je ne me sens pas de lui dévoiler toutes mes failles. Pourtant celle-ci est de taille et, si elle était découverte, je ne donnerais pas cher de mon avenir !

Sénéchal quitte la pièce et j'en profite pour chercher le calme intérieur. Rien dans l'enfant, puis dans l'adolescent ou dans le jeune adulte que j'ai été ne me prédisposait à devenir l'homme que je suis. J'ai longtemps considéré que la vie n'est qu'une sorte de séjour sur une terre où je me suis vite senti étranger. J'ai compris que l'humanité s'était organisée essentiellement autour du pouvoir, dont l'argent n'est qu'une manifestation symbolique. J'étais trop indolent pour me révolter ou pour envisager de vivre marginalement. Pourtant, j'avais l'exemple à la maison du mâle blanc dominateur qui réduit la femme à ce rôle de spectatrice de son action en lui assignant la tâche de produire le plus d'enfants possible et de se résigner à une existence vide, dans une soumission totale. C'est probablement dans la détestation de mon père que se loge ma détermination de contrarier certains intérêts dont il a été le porte-drapeau pendant des décennies à la tête de la filiale française d'une multinationale de l'industrie chimique. La dévastation de l'environnement qu'elle a causée est à la mesure des profits qu'elle a réalisés en faisant preuve d'un cynisme incommensurable.

On a beaucoup écrit sur les ambitions présidentielles fondées sur le contre-modèle du père et il est probable que je n'échappe pas à la règle. Jeune homme, opter pour la marginalité aurait été une façon de conforter mon géniteur dans le peu d'estime qu'il avait pour moi. Je n'ai pas versé dans la politique pour autant, comme j'aurais pu le faire, par crainte de me fondre dans l'immobilisme ambiant. Il m'a fallu des années avant de comprendre que je pourrais être utile. Et surtout, avant d'accepter l'idée des compromis qui m'attendaient.

8

Comment ai-je gagné l'élection ? C'est une longue histoire.

Les jeunes d'abord sont venus. Les seuls qui votaient encore se radicalisaient de plus en plus à l'image d'une sauce mijotée qui prend du caractère en réduisant. Si j'ai eu une seule idée de génie, c'est de les avoir détournés d'un vote faussement protestataire tout en contrant leur désaffection des urnes par une promesse concrète : leur assurer un revenu régulier en rémunérant les données qu'ils n'ont pas conscience de posséder.

Comme chacun le sait, nous en produisons beaucoup et en permanence. Elles sont le pétrole du XXIe siècle. Ces données qui disent tout de nous sont ensuite raffinées par les entreprises du numérique puis revendues avec des marges considérables à d'autres entreprises qui les utilisent pour mieux nous cibler comme consommateurs. La différence entre leur valeur et le coût de l'infrastructure mise gratuitement à notre disposition est telle qu'en quelques années cette industrie a supplanté en profits générés toutes celles qui l'ont précédée.

J'ai réussi le tour de force de convaincre les géants du numérique de rémunérer une partie des données émises par les jeunes en leur promettant toujours plus de big data... Ce qui me permet de proposer aux jeunes un revenu universel, même symbolique, qui les sécurise sans les dissuader de travailler. Je ne serais pas parvenu à mes fins avec ces sociétés américaines si je n'avais pas joué sur une corde devenue de plus en plus sensible depuis le conflit en Ukraine. Je leur ai expliqué que la France étant la seconde puissance européenne, son basculement vers le populisme serait synonyme de l'effondrement de l'Europe, d'une politique accommodante avec la Russie et de l'apogée d'un sentiment anti-américain. Ce genre d'argument n'aurait pas suffi si je ne leur avais pas aussi proposé non seulement de ne pas les entraver par ma politique, mais de les favoriser. Comment ? Par des actions réelles comme de promouvoir l'enseignement à distance. La distance évite le chahut, l'irrespect et la violence qui ne font que croître dans le système scolaire, ce qui crée une grave pénurie de professeurs. De même, je m'engageais sans réserve pour la voiture autonome, à laquelle s'opposent essentiellement des conducteurs réticents à voir leur petit pouvoir remplacé par une intelligence artificielle. Je les ai également assurés de nos efforts en matière d'objets connectés et d'une aide à la logistique de livraison des objets achetés sur internet en libéralisant la livraison par drones. Je me suis ainsi allié à la dictature douce du numérique américain contre celle infiniment plus violente de l'autoritarisme identitaire soutenu en sous-main par les Russes.

J'ai aussi esquissé un projet de réforme des institutions qui m'a rallié de nombreux électeurs. J'ai annoncé la liquidation de la Chambre des bourgeois balzaciens, je parle du Sénat, pour lui substituer une Chambre virtuelle permettant à tous de voter sur les sujets d'importance. Une façon de connaître à tout moment l'état de l'opinion sous la forme d'un sondage continu… Je crée ainsi le cadre d'un référendum virtuel permanent.

9

Pour gagner, il m'a fallu aussi faire main basse sur l'électorat des personnes âgées ou en passe de l'être. Pour expliquer comment, il me faut remonter loin dans ma propre histoire.

De mon entrée en sixième, j'ai le souvenir d'une grande appréhension, d'autant qu'avec un an d'avance dans ma scolarité j'étais le plus jeune de ma classe et que d'autres élèves étaient suffisamment en retard pour entrer dans la pré-adolescence avec tout ce que cela suppose d'ingratitude, de lourdeur et parfois d'obscénité. Souffre-douleur des plus grands, je l'ai été sans aller jusqu'à me faire harceler. Mais j'étais assez chahuté pour m'isoler et me rapprocher du seul élève aussi perdu que moi. Lui était simplement différent. Au-dessus, ailleurs, il était difficile de le situer, il avait quelque chose de hautain, de condescendant.

Vu du troupeau des élèves, il était considéré comme anormal, ce qui lui valait d'être relativement tranquille. Il semblait évoluer dans une autre dimension que celle des lycéens déjà habitués à rétrécir leur appréhension du monde. Doté d'un sens de l'humour particulier, scrutant le réel jusqu'aux confins de l'univers, obstiné, mémorisant des quantités astronomiques de données, il surpassa de loin la classe dans les matières scientifiques. Aujourd'hui, on dirait qu'il était atteint du syndrome d'Asperger, détectable à une façon d'évoluer où le mensonge, le sous-texte, le sous-entendu sont exclus de la relation sociale. En général, notre socialisation se fait sur un niveau de mensonge acceptable entre les individus. On n'est pas qualifié de menteur quand on ment normalement, mais lorsque l'on ment de façon éhontée et excessive. C'est un dosage dont les Asperger perçoivent difficilement l'utilité parce que dans leur monde, la vérité n'est pas une aire de jeux.

Hugo était fort, pour ne pas dire génial, là où j'étais faible, c'est-à-dire dans les matières scientifiques. J'assurais plus dans les matières littéraires ou économiques, qui ne l'intéressaient pas. Ce qui a créé entre nous une solidarité active. Je suis devenu progressivement son lien à la société, celui capable de traduire ses émotions, ses appréhensions, et de le protéger contre certains effets de la normalité qui le choquaient profondément. Cette complémentarité nous a rendus peu à peu indissociables. Nos études secondaires achevées, il a choisi la science, la médecine, la biologie avec des résultats qui ont occulté ceux des surdoués de son entourage, pendant que je faisais une grande école de commerce plus adaptée à ma structure mentale, mais on se quittait peu en dehors des cours. Cette proximité avec quelqu'un qui définit en permanence de nouvelles frontières, mû par la curiosité, loin du conformisme ambiant, me faisait beaucoup de bien.

J'ai eu très vite conscience de l'importance de notre amitié, mais je n'ai jamais imaginé qu'essentiellement grâce à lui, j'allais devenir un jour président de la République. Quand je suis parti parfaire mon cursus aux États-Unis, il en a fait de même et on s'est retrouvés sur la côte Ouest, à San Francisco, où, tout en accomplissant notre rêve américain, on a pu éprouver les limites d'un pays dont l'hypocrisie, le sectarisme et un fort esprit national de domination sont habilement dissimulés derrière un enthousiasme pour la réussite matérielle. On n'avait jamais croisé autant d'individus parlant de Dieu avec une si grande spontanéité et aussi peu de spiritualité. À cette époque-là, il travaillait sur la théorie d'un deuxième cerveau au niveau de nos intestins, théorie extrêmement embryonnaire, et je me souviens de lui avoir dit : « Tu fais fausse route, le deuxième cerveau, en particulier chez les Américains, c'est leur portefeuille. » Contre toute attente, il avait ri, beaucoup plus que ce que valait la blague. Quand les Américains lui ont proposé des sommes colossales pour rester, il a refusé et il est revenu en France en même temps que moi, mon PhD en poche. Avant de rentrer, on a profité de l'Amérique, qu'on aimait comme beaucoup d'autres gens qui ont adhéré à sa légende des grands espaces.

On a fait la route et j'ai conduit tout du long. On est d'abord remontés de San Francisco jusqu'au Yukon en passant par Vancouver, où on a hésité à s'arrêter pour s'y installer, parce que cette partie de la Colombie-Britannique concentre tous les avantages des États-Unis sans les inconvénients, dont la violence ordinaire n'est pas le moindre. Les Américains se tuent beaucoup entre eux, c'est une constante de leur histoire depuis que les immigrants ont éradiqué les autochtones pour se faire de la place, comme s'il en manquait. Après avoir exploité les Africains qui ont ramassé leur coton, au lieu de leur montrer un peu de gratitude, ils les ont persécutés au point qu'une bonne partie d'entre eux préfèrent se détruire au crack que d'attendre de se faire abattre par des policiers en manque de cibles vivantes. Ceux qui ne se font pas descendre ou exécuter, le système judiciaire fait en sorte de les sortir de la société pour des dizaines d'années, quand ce n'est pas à vie.

Nous avons fini par revenir ensemble en France, Hugo et moi. Nous sommes rentrés fin août 2001, une semaine avant l'attentat qui a mis les deux tours par terre. On ne peut pas justifier un acte aussi horrible, mais les Américains ont été frappés ce jour-là par la résonance de leur propre violence. On n'a pas regretté d'être partis, parce que cette tragédie a été l'occasion pour la petite bande sans foi ni loi des cow-boys au pouvoir de relancer l'appareil militaro-industriel grâce à deux guerres absurdes en Afghanistan et en Irak. Au lieu d'éradiquer l'islamisme, ils ont tout simplement créé Daesh en enfermant et en torturant les cadres sunnites de Saddam Hussein. Bien vu, les stratèges du monde libre ! C'est en partant de ces constats que l'Europe m'est brusquement apparue. Une révélation. L'invasion de l'Ukraine par la Russie a été un moment de vérité sur ce plan aussi.

Le retour en France d'Hugo ne s'est pas bien passé. Après avoir fait le tour d'institutions publiques, pachydermes assoupis d'une science théorique, et de sociétés privées où la recherche se fonde sur l'espérance d'un gain à court terme, il s'est lassé du double langage qui va contre sa nature d'Asperger.

Ce qui est par ailleurs un problème dans sa relation aux femmes. Malgré son aspect un peu rigide, il a quelque chose d'attrayant. Le problème, c'est qu'il ne comprend pas ou plutôt n'intériorise pas très bien le processus de la séduction : des préliminaires plus ou moins longs qui permettent de charmer l'autre, de recueillir son assentiment pour déboucher, ou pas, sur un acte sexuel de plaisir partagé, ou pas. À plusieurs reprises, il s'est retrouvé en situation de parvenir à ses fins mais il a considéré que la séduction était une forme de mensonge puisqu'elle tentait de dissimuler l'objectif final par des circonvolutions hypocrites. Ainsi, bien que guidé par de vrais sentiments, il s'est retrouvé en de multiples occasions face à des femmes qu'il avait invitées au restaurant et à qui il proposait directement de coucher avec lui avant même d'avoir commandé les plats ! Récemment, deux femmes se sont alliées pour lui reprocher cette façon directe et pour elles choquante de se comporter. L'une d'elles a même porté plainte pour demander réparation du traumatisme que lui avait causé une telle demande. La plainte est en cours d'instruction.

Le mensonge par action, par omission, par calcul, est consubstantiel à la nature humaine et fait son charme jusqu'à un certain degré. En cela Hugo ressemble aux « génies » de Palo Alto et de San Francisco qui, à partir d'une technologie digitale, ont organisé la surveillance générale des individus. Quand on leur reprochait de violer l'intimité des gens pour collecter toujours plus de données, ils ne comprenaient pas le sens de ces critiques, considérant que celui qui n'a rien à cacher n'a rien à craindre. Mais on a toujours quelque chose à cacher, autant à soi-même qu'aux autres, et c'est une des saveurs de l'existence.

Hugo a toujours eu conscience de ne pas être tout à fait conforme au troupeau, sans être complètement marginal. Je ne l'ai vu le reconnaître qu'une fois, un jour où, peu après notre retour des États-Unis, nous prenions un café ensemble, silencieusement, parce que lui fourmillait de projets et que je n'en avais aucun. À cette époque, je n'avais vraiment de goût ni pour l'argent ni pour le pouvoir. Autant dire que dans une société comme la nôtre au début des années 2000, je n'avais pas grand-chose à espérer. Bref, je tournais en rond et Hugo le voyait. Un autre facteur a me semble-t-il joué pour nous souder ce jour-là. Je venais de rencontrer Vanessa, qui allait devenir ma femme et qui l'est toujours, et il a senti que je risquais de ne plus être aussi proche de lui que nous l'étions depuis l'enfance. Vanessa travaillait déjà depuis deux ans alors que je n'avais pas vraiment commencé. Je dois reconnaître qu'au début de notre histoire je me laissais porter par son dynamisme, et avec le recul je me demande toujours ce que cette femme énergique a pu trouver chez moi.

10

Il en était à son deuxième café, dans lequel il tournait doucement un petit bâtonnet en bois. Il s'est mis à parler sans croiser mon regard comme cela lui arrivait souvent :

– J'ai quelque chose à te proposer. Je crois que le génie génétique est l'avenir de l'homme. Je suis en passe de devenir un des meilleurs en France et probablement aussi dans le monde, sinon je n'aurais pas reçu cette offre.

Hugo n'était pas modeste parce qu'il considérait la modestie comme un mensonge, un de plus, sur ses vraies qualités. Le courrier qu'il m'a tendu venait d'un laboratoire pharmaceutique américain qui lui proposait de l'intégrer dans sa division de recherche pour un salaire qui défiait l'imagination.

– S'ils pensent que je peux réussir chez eux, c'est que je peux le faire tout seul. Enfin tout seul, non, parce que comme tu le sais j'ai quelques défauts…

– Des particularités.

– Enfin… oui, si tu veux. En fait, je ne peux pas monter une entreprise sans quelqu'un qui s'occupe de lever les fonds, d'assurer la relation avec les investisseurs et de la gérer au quotidien pendant que je me consacrerai complètement au développement scientifique. Et je dois avoir pleine confiance dans ce quelqu'un si je veux dormir tranquille. Je sais que si tu es volontiers… je ne dirais pas menteur, tu pratiques une certaine duplicité avec les autres, même si tu ne m'as jamais menti. D'ailleurs, c'est simple, je ne monte cette boîte que si on la fait ensemble. On va lâcher quarante-neuf pour cent aux investisseurs qui vont nous financer et on garde vingt-cinq,cinq pour cent chacun.

Présenté comme cela, le projet m'a emballé. Moi qui ne m'imaginais nulle part, je devenais d'un seul coup indispensable.

La première chose que j'ai faite, c'est écrire à ce laboratoire américain prestigieux pour décliner leur offre d'embaucher Hugo et leur proposer en contrepartie une participation dans notre start-up, ce qu'ils ont accepté après un bref aller-retour à New York où Hugo leur a montré les perspectives scientifiques de notre boîte et moi son business plan, qui pariait sur une valorisation des actions dans les dix ans à plus d'un million de fois la mise initiale.

Les Américains ont cette qualité, ils passent rarement à côté d'une bonne affaire, mais comme ils n'ont aucune confiance dans la France, parce qu'ils n'y voient qu'une hybridation malsaine entre un fond de pensée marxiste et un amour invétéré de la rente, ils nous ont demandé de mettre la holding détenant les actions dans un pays à la fiscalité plus incitative, comme ils disent. Chez nous, ces pays-là portent un autre nom. Celui du labo américain comme partenaire fondateur a fait mouche auprès d'autres investisseurs qui sans sa présence auraient été plus frileux. Boucler ce tour de table en faisant respecter nos intérêts a été ma première réussite professionnelle. Enfin, l'argent arrivait ! Au moins pour une bonne dizaine d'années !

Et nos vieux dans tout ça ? On y arrive.

Il suffit pour cela de savoir que le travail du génial Hugo sur les cellules souches fait que dans les cinq ans à venir, au plus tard, notre société sera capable de mettre sur le marché des protocoles médicamenteux qui permettront de rajeunir nos cellules d'environ trente pour cent. Les géants du numérique ne s'y sont pas trompés puisque l'année dernière, Hugo et moi, nous leur avons revendu nos actions de la société pour un montant colossal qui toutefois reste secret.

Ce que mon ami est parvenu à accomplir sur le plan scientifique est une avancée aussi considérable que les premiers pas sur la lune. Supérieure même puisque, si elle ne nous promet pas l'éternité, elle nous assure de rajeunir, un progrès encore plus formidable que le pas en avant d'Armstrong. Pour les gens ordinaires, le mérite m'en est revenu autant qu'à Hugo, ce qui est injuste, mais pour eux, difficile de savoir qui est responsable de quoi, c'est notre société, dont nous avons été les deux fondateurs, qui promet cette avancée majeure qu'aucun grand scientifique n'a remise en question. Quand nous avons approché de l'élection, il s'est trouvé que, comme Thomas Pesquet s'il avait voulu se présenter, j'étais devenu une sorte d'icône de la science positive, un porteur de bonnes nouvelles au milieu d'une constellation d'autres, mauvaises. Beaucoup de gens s'ennuient profondément dans la vie, mais rares sont ceux qui souhaitent la raccourcir. Tous les hommes et les femmes vivant aujourd'hui verront leur espérance de vie augmenter de vingt à vingt-cinq ans, ce n'est pas rien ! Qui ne serait pas sensible à une telle promesse ?

Quand la nouvelle s'est répandue dans les médias, nous avons accédé immédiatement, Hugo et moi, au statut d'icônes tech, de bienfaiteurs de l'humanité. Pas un journal ne sortait sans que quelque part y figure notre photo. Nous avons donné ensemble ou séparément plus d'une centaine d'entretiens et participé à une trentaine d'émissions télévisées, pas seulement en France mais aussi à l'étranger. Seuls les politiques ont réagi dubitativement, non parce qu'ils contestaient la réalité de cette avancée, mais très vite au contraire parce qu'ils en ont mesuré les conséquences sur les grands équilibres économiques et le système des retraites en particulier.

Mais il était trop tard pour nous arrêter.

11

La première à avoir eu l'idée de transformer cette aura en candidature présidentielle a été Marion, qui était déjà notre conseillère en communication. Nous étions à table avec Hugo, que la carte du restaurant ne parvenait pas à satisfaire, quand elle m'a lâché :

– Cette découverte vaut de l'or ! Tous les vieux, les bientôt vieux et ceux qui ont peur d'être vieux vont voter pour toi. Et si tu parviens à convaincre les jeunes abstentionnistes de se déplacer, tu seras devant au premier tour, loin devant tout le monde. Et le vote ne sera plus ce qu'il est en train de devenir : une affaire de vieux. Ce serait marrant, non ?

Hugo a acquiescé avant d'ajouter :

– D'ailleurs, maintenant qu'on l'a vendue, la société n'offre plus grand intérêt pour toi. Tu es multimillionnaire, qu'est-ce que tu vas faire d'autre qui corresponde à une vraie ambition ?

Comme j'avais l'air de douter, il a insisté.

– Si, si, je t'assure.

Avoir réussi dans les affaires, s'être constitué une fortune en partant de rien, n'est pas ce qui impressionne les Français : au contraire, ils y voient quelque chose de profondément suspect. Toute règle a ses exceptions : footballeur, rappeur, chef de gang… J'en ai conclu qu'il me fallait investir une partie de mon argent dans le football. C'est ainsi que j'ai procédé, sur les conseils de Marion, en prenant des parts d'un club de première division. N'ayant pas d'enfant à faire figurer près de ma femme et de moi dans *Paris Match*, j'ai par ailleurs fait une dotation généreuse à une ONG qui se charge d'aider les populations, les enfants en particulier, des zones touchées drastiquement par le réchauffement climatique. Du coup, je me suis pavané à nouveau, avec ou sans ma femme, dans pas mal de magazines, j'ai fait plusieurs émissions de télévision en vue où j'ai essayé de paraître le plus naturel possible. Je dois dire qu'au vu de ma réussite, jamais les journalistes n'ont eu le moindre doute sur ma capacité à gérer un pays. Nous avons beaucoup insisté sur le fait qu'Hugo et moi avions décidé de ne pas rester aux États-Unis pour développer cette technologie, ce qui m'a valu beaucoup de sympathie dans le registre du « produire français ». Sur ce sujet, je n'ai été contrarié que par un journaliste lors d'une émission :

– Pourquoi avoir choisi des géants du numérique pour racheter vos parts ?

Je crois que je m'en suis plutôt bien sorti :

– La question de la longévité, et même de l'éternité s'agissant de Google en particulier avec ce qu'on appelle le transhumanisme, est centrale dans les objectifs des géants du digital et c'est eux seuls qui ont les moyens financiers de mener à bien cette ambition qui va à terme profondément transformer nos perspectives en nous permettant de vivre plus longtemps et en bien meilleure santé.

– Cela veut dire que cette société de la domination du numérique, vous l'approuvez ?

– Est-ce qu'on a le choix ? Cette technologie est venue des moyens de communication de l'armée américaine avant de se décliner pour le civil. Ce que je regrette, c'est qu'on en ait fait un moyen de surveillance des individus et un vecteur d'acharnement commercial, mais il ne faut pas jeter le bébé avec l'eau du bain, il existe bien des avantages pour contrebalancer ces défauts. Pratiquée avec intelligence et modération, cette technologie nous apporte beaucoup et ce qu'elle nous enlève, c'est parce que nous l'acceptons. Mon principal regret, c'est que cette révolution technologique ne soit pas venue d'Europe. Ses dirigeants ont été incapables de comprendre ce qui se tramait et ils ont laissé s'installer une hégémonie américaine et chinoise avec laquelle nous sommes bien obligés de composer.

C'est ainsi que je me suis fabriqué un look de

président sur fond de charisme et de désinvolture. J'étais encore – relativement – jeune et je donnais le sentiment d'être prêt à tout donner pour les autres. Seul bémol, ma relation avec ma femme.

Nous n'étions pas sur le point de divorcer mais l'essentiel de ce qui nous avait liés semblait nous avoir abandonnés. Nous avions un désaccord profond sur un engagement essentiel qui avait désamorcé des sentiments amoureux déjà érodés par le temps. Mais parce que nous sommes l'un et l'autre des gens raisonnables, nous avions entre nous ce que les Anglo-Saxons appellent un « deal ». Féministe résolue, Vanessa n'avait absolument pas l'intention de devenir ma première dame. Elle trouvait humiliant et terriblement représentatif de la domination masculine d'obliger la femme du président à se faire déguiser par les grands couturiers à la mode pour assister à des soirées caritatives, d'autant qu'elle détestait la charité, ce blanchiment de conscience des régimes économiques imparfaits.

Bref, ma femme voulait continuer sa carrière comme si de rien n'était. Elle voulait rester indépendante. Comme rédactrice en chef de la rubrique « France » dans un magazine réputé, elle intervient aussi régulièrement sur les plateaux de télévision, où son avis est recherché. Il lui arrive également d'être sollicitée lors de grandes émissions politiques sur le service public.

Ce n'est qu'après avoir longuement discuté avec Hugo et Marion que je lui avais fait part de mon projet de candidature. C'était dans un restaurant au pied de notre appartement dans le VIe, où nous avions nos habitudes, le plus souvent le vendredi soir. Ce moment était celui où l'on se retrouvait après s'être évités toute la semaine. Le jour de bouclage de son magazine lui imposait souvent de rédiger ses articles le week-end. J'en profitais pour me reposer, lire un peu, regarder des séries sur les plateformes, me tenir informé. Il m'arrivait parfois de me rendre à une exposition. Je ne sais plus si j'en avais conscience à l'époque ou si je l'ai analysé depuis, mais notre couple avait quelque chose d'artificiel.

Il l'était d'une certaine façon depuis que notre combat pour enfanter avait pris fin. La procédure avait été aussi longue que celle pour une condamnation à mort aux États-Unis et, le dernier recours tombé, il avait fallu se rendre à l'évidence : Vanessa était absolument stérile. S'est ensuivi un long moment de solitude commune, le sentiment inavoué de suivre une voie sans issue et une obsession. Je n'étais plus du tout au centre de ses préoccupations, ce que je comprenais très bien, même si, pour être sincère, je ne partageais pas cette nécessité. Affirmer que je n'aime pas les enfants serait excessif. Il est plus juste de dire qu'à cette époque-là, rien ne me poussait vers eux, pas même cette capacité à m'attendrir sur des petits monstres prêts à vous pourrir la vie. Mais concevoir des enfants me paraissait néanmoins dans l'ordre des choses, particulièrement pour Vanessa qui, bien qu'à peine plus portée que moi sur ces petites créatures, y voyait un modèle de réussite en soi. L'échec a été d'autant plus dramatique qu'il a révélé des malformations intimes.

Nous avons vécu ces moments dans une apparente indifférence qui trompait tout le monde sauf nous. Nous avons subitement arrêté de faire l'amour, comme si la nécessité de l'acte avait été liée toutes ces années au besoin de nous reproduire. Ni l'un ni l'autre ne s'en est offusqué. Puis nous avons repris, sporadiquement. Ensuite, Vanessa s'est mise à multiplier les sautes d'humeur à mon égard, comme si elle cherchait à me faire payer quelque chose dont je n'étais pas responsable. J'ai fait le dos rond, comprenant sa douleur, et je crois qu'elle m'en a été reconnaissante, puis nous avons discuté d'une nouvelle perspective, celle d'avoir un enfant par l'association de mon sperme et d'une mère porteuse.

Philosophiquement, Vanessa appartient à cette catégorie d'intellectuels qui pensent que l'être humain est fait de culture plus que de nature. Qu'importe donc qu'un enfant soit de son sang pourvu qu'elle lui fournisse l'essentiel, c'est-à-dire une éducation. Qu'il soit génétiquement mon enfant n'ajoutait rien pour elle si ce n'est l'espérance de retrouver chez lui des bribes du caractère ou du physique qui l'avaient charmée chez moi. Nous avons vécu la grossesse de la mère porteuse dans une relative sérénité, rassurés sur le fait que nous allions rejoindre le troupeau des parents épanouis.

Et puis la pression des événements s'est accélérée.

12

C'était un vendredi soir. Je lui ai annoncé que j'allais briguer la magistrature suprême. J'ai tout de suite vu sur son visage l'effort qu'elle faisait pour ne montrer aucune réaction, comme si elle craignait que ses émotions la submergent.

Pour être honnête, notre histoire a été longtemps celle de la domination de Vanessa. Elle avait dès l'origine un incontestable avantage physique. Elle était et elle est toujours franchement belle, d'une beauté évidente, ce qui n'est pas mon cas. À part ma taille, rien ne m'impose au premier regard et il faut un moment pour déceler ce qui peut éventuellement me rendre attirant. Vanessa a toujours été une battante, infatigable soldat de la représentation féminine dans un monde outrageusement dominé par les hommes. Certains diraient qu'elle a été longtemps plus ambitieuse que moi. Nous nous sommes mariés sous le régime de la communauté de biens sans nous imaginer l'un ou l'autre qu'un jour nous serions à la tête d'une fortune considérable. Je dois confesser que j'ai parfois souffert de son ascendant et que j'ai même envisagé de la tromper ou même de la quitter, mais je n'en ai rien fait. Avec les années, je suis devenu trop dépendant d'elle, de sa présence, de ses décisions, au point que dans ces moments de grâce où on laisse son esprit flotter comme on le fait sous hypnose, il m'est arrivé de rêver d'une vie sans elle, plus épanouissante, ce fantasme se transformant parfois en refuge. Mais on ne trouvera au cours de toutes ces années aucun signe d'un début de commencement de passage à l'acte. D'avoir concrétisé cette fortune, je ne l'ai pas vécu comme une victoire sur elle, à aucun moment, mais comme un retour à un équilibre plus satisfaisant. C'est cela : l'argent colossal que j'ai gagné d'un coup nous a remis à égalité. Et voilà qu'avec la politique, le bélier castré se transformait subitement en loup alpha du royaume de France.

– Tu es sérieux, tu te vois président ?

– Je...

– Laisse-moi poursuivre... De Gaulle s'est couronné lui-même et sa Ve République est aujourd'hui démodée. Aucun peuple ne se défausse de ses propres responsabilités sur l'État comme le peuple français. Les Français ne s'aiment pas vraiment entre eux mais attendent de l'État qu'il les force à se respecter. Toi, tu voudrais prendre la tête de cette masse immature, infantile ! Toi qui n'as pas d'enfants, et qui n'en as jamais vraiment désiré, tu voudrais jouer le rôle complètement désuet de « père de la nation », d'enfants égoïstes et turbulents ? Et puis cette monarchie républicaine qui abandonne le sacré, tu oublies qu'elle a ses ducs, ses marquis, petits ou grands, ses barons, qui ont tous grandi à l'aune d'un système de castes où on vient se nourrir du pouvoir pendant un certain temps au service de l'État avant de le faire fructifier. À la seconde où tu te présenteras, ce système va te rejeter. Sérieusement, qu'est-ce que tu vas aller faire là-dedans ?

Je lui souris avant de répondre. Je lui souris pour lui faire comprendre que j'ai conscience de ce qu'elle dit. Et c'est justement là qu'est le défi.

– Ma vraie motivation t'échappe. Je suis convaincu que cette fois le populisme, la démagogie peuvent l'emporter et que je suis justement le seul à pouvoir renouveler le camp des démocrates, miné par l'absence totale de convictions.

– Eh bien, je te souhaite bien du courage !

– Ce sont les circonstances qui font les hommes, et les circonstances sont là. Si la France tombe aux mains des démagogues, c'est à terme le projet européen qui s'effondre. C'est un moment clé de notre histoire parce que les sondages donnent clairement le pôle prorusse vainqueur en France. L'Europe entière nous regarde et le monde aussi.

Ce que je lis alors sur le visage de Vanessa dépasse les réticences qu'elle vient d'exprimer. Dans son esprit, mon inaptitude est au-delà des mots. Pour elle, ma réussite financière tient au génie d'Hugo, pas au mien. J'ai profité de son inspiration, de sa générosité et de sa candeur sans lesquelles je n'aurais pas été associé, me laissant dans la seule fonction envisageable pour quelqu'un comme moi. Voilà, c'est comme ça qu'elle me voit. Comme un DAF, autrement dit un directeur administratif et financier, un comptable haut de gamme.

Longtemps mari conciliant, vite assimilé à un faible, j'avais en quelques mois changé de catégorie : riche et président potentiel, cela faisait beaucoup pour elle. Trop, apparemment.

Cette soirée s'est terminée sur une blessure profonde.

De retour dans notre appartement, je me suis affalé dans le canapé en la regardant consulter ses mails.

– Il reste tout de même un mystère dans tout cela.

La perspective d'une intrigue naissante ne lui a pas pour autant fait lever les yeux. J'ai attendu. Elle a fini par poser son téléphone.

– La vraie question que cela soulève, c'est comment tu as fait pour rester avec moi toutes ces années ?

Ma question l'a surprise.

– La réussite n'est pas pour moi un critère déterminant…

– Dans la mesure où il n'y a que la tienne qui compte à tes yeux.

– Ce n'est pas parce que je t'ai dit que je ne te voyais

pas dans le costume de président que je ne t'estime pas. De ce que je connais de toi, tu n'as ni assez d'ambition pour la fonction, ni les qualités d'un tueur pour t'y maintenir. L'échec que tu vas vivre sera beaucoup plus traumatisant que tout ce que j'ai pu te dire ce soir pour te décourager de te lancer dans cette aventure qui va te coûter beaucoup d'argent pour rien.

– C'est pour l'argent que tu t'inquiètes ?

– Oh non, je sais que tu as de quoi faire campagne pour toutes les échéances à venir de ton vivant. Non, je sais simplement que tu n'es préparé ni pour prendre des coups, ni pour digérer un échec public. Est-ce que tu vas me faire la gentillesse de considérer comme un compliment que je te dise que la politique demande un niveau de cynisme, de médiocrité, de bassesse et de duplicité que tu n'as pas ? Moi, je connais les politiques, je les fréquente depuis plus de vingt ans, c'est tous les mêmes, ils sont tous dans une forme de résilience qui rend impossible qu'ils soient ailleurs, et ceux qui se battent pour des convictions, qui ont une pensée sur le monde, ne sont pas légion.

– Tu n'accepteras donc pas d'être la première dame ?

Elle a éclaté de rire.

– La première dame ? Je trouverais plus noble d'être dame pipi dans une brasserie parisienne que de jouer cette comédie. Mais de toute façon la question ne se posera pas.

Malgré tout ce qui avait pu s'échanger ce soir-là, nous

avons commencé à faire l'amour, ce qui ne nous était pas arrivé depuis un moment, mais elle a interrompu les ébats, me trouvant trop dominateur. Une façon de suggérer que j'essayais sans bruit de prendre ma revanche. Je suis parti dormir dans le salon, fataliste plus que dépité.

13

Une épée de Damoclès plane au-dessus de mon mandat.

J'ai remarqué qu'on fait certaines choses dans l'existence sans y penser, d'une façon presque instinctive, alors qu'elles peuvent avoir d'énormes conséquences. Lorsque j'ai vendu les actions de notre société aux géants du numérique, j'avais au fond de moi l'idée que Vanessa et moi allions nous séparer un jour. Quand ? Je n'en avais encore aucune idée. La holding de notre société avait été placée à l'étranger à la demande des actionnaires d'origine, en particulier du labo américain qui souhaitait la voir installée dans un pays à fiscalité favorable. Nous étions mariés sous le régime de la communauté, ce qui impliquait que Vanessa avait droit à la moitié de tout ce que j'avais gagné.

Au moment de signer, je ne dirais pas que l'idée qu'elle touche la moitié m'a révolté mais j'ai trouvé, très arbitrairement je le confesse, qu'elle n'en méritait pas tant.

Le système financier international se prête à ce genre de facilité, on peut même dire qu'il l'encourage. J'ai estimé qu'avec trente pour cent de la plus-value au lieu de cinquante pour cent, Vanessa serait justement rétribuée de sa lointaine contribution à cette fortune. J'ai donc, avec la complicité des acheteurs, caché vingt pour cent de la plus-value dans une entité fiscale qu'on associe généralement à une sorte de petit paradis. J'avoue que, quelques semaines après, j'ai regretté mais il était déjà trop tard pour revenir en arrière.

14

À l'occasion de cette vente aux géants du digital, j'ai eu l'occasion de fréquenter une haute société qu'on ne voit pas de l'extérieur. Nous avons créé des liens comme on en crée aux États-Unis. Des affections précipitées qui s'effacent dès que vous n'avez plus de relations d'intérêt, comme si l'être humain dissimulé derrière l'entrepreneur n'existait pas, ou plus précisément comme si l'être humain n'existait que pour l'entrepreneur. Je suis donc retourné voir mes interlocuteurs, une fois ma décision prise de me présenter à la présidentielle. Ils ont accueilli la nouvelle avec un enthousiasme proportionné à leur espérance de gain.

Je les ai revus à San Francisco. Il y a là une rue qui concentre la plus grande richesse mondiale, des milliers de milliards de dollars issus du développement numérique aux mains de jeunes mâles blancs faussement affables et décontractés, avatars d'eux-mêmes, l'humanité en moins, et qui forment, quoi qu'on en dise, le cœur du marigot digital.

La rue adjacente contraste avec celle où s'est tenue ma réunion parce qu'on n'y voit que des Noirs à l'état de misère, défoncés au crack du matin au soir, comme si l'extrême pauvreté qui y est exposée servait à maintenir la motivation des employés des majors du numérique, selon le principe que l'on ne peut se motiver pour s'élever que si on sait jusqu'où on peut déchoir.

Lorsque j'étudiais aux États-Unis, San Francisco était ma ville américaine favorite. Je lui préférais Vancouver, au Canada, pour la nature qu'elle offre, mais San Francisco a un charme européen particulier, et comme à New York, l'impression de civilisation qu'on en retire ne vaut pas pour tout le territoire américain. On s'y sent loin des attardés armés jusqu'aux dents qui se croient perpétuellement menacés pour le peu qu'ils ont et qui brandissent un Dieu à l'odeur de placard humide en oubliant que le Christ ressemblait à tout sauf à un porte-avion. Ils sont un peu le cauchemar du rêve américain, ces types qui pensent qu'une élection qui ne favorise pas l'extrême droite populiste est forcément volée. Cette masse active de paranoïaques se sent agressée par tout le monde, sauf par une frange de républicains qui, avec leurs amis industriels corrompus, leur font les poches pendant qu'ils regardent ailleurs. Ils chialent à la vue du drapeau américain mais un enfant mort en Irak sous les bombes n'est pour eux qu'une perte collatérale. On en trouve des comme ça de l'autre côté de la baie, vers Oakland, mais à San Francisco ils sont plus discrets.

On dit souvent que les génies du numérique, à l'image de Steve Jobs, venaient de la contre-culture américaine des années soixante, ce moment béni des dieux où on a senti, même fugacement, la possibilité d'une alternative au système. Ces petits surdoués ont donné aux gens un autre pouvoir que celui d'acheter indéfiniment : celui de s'exhiber, de s'agiter sur les réseaux sociaux, de se libérer de leurs frustrations. Le marché est plus fort que tout. Ces types l'ont compris en organisant la plus grosse machine à vendre de tous les temps, basée sur l'esprit archaïque de ceux qui la font prospérer.

C'est à eux, qui ont payé cash mes parts dans notre entreprise, qu'on est allés rendre visite, Marion et moi. Les considérer lucidement ne m'empêche pas de mesurer leur utilité. Marion ne me quittait plus depuis qu'elle m'avait convaincu de me lancer. Elle avait balayé d'un geste vif les objections de ma femme et je dois reconnaître qu'elle était la première personne à vraiment croire en moi, au-delà de ce personnage ordinaire dans lequel on essayait de me cantonner depuis ma naissance.

Mes interlocuteurs nous ont, à ma grande surprise, invités dans un restaurant chinois où j'avais mes habitudes quand j'ai étudié un temps à Berkeley. Les meilleurs restaurants de Chinatown sont évidemment ceux où les clients sont tous des Chinois. M'étonnant de cette coïncidence, j'ai vu sur le visage du représentant d'Alphabet s'épanouir un large sourire partagé par les autres participants au déjeuner. Une fois assis, il m'a éclairé sur ce choix inattendu :

– Je savais que cela vous ferait plaisir et que cela vous rappellerait de bons souvenirs.

– Comment vous le saviez ?

– Pour trouver votre restaurant préféré, on est allés dans votre historique de consultations internet, dans vos mails…

C'était évident, mais l'entendre dire, c'est autre chose. En fait ces gens connaissaient tout de ma vie, de ma sexualité, de mes affections, de mes inimitiés, de mes habitudes de consommation, de mes obsessions, de mes névroses et, face à ma demande, ils ne s'étaient pas privés de parfaire un profil psychologique déjà établi lors de notre deal. J'ai compris que je ne pouvais leur mentir sur rien parce qu'ils savaient tout, qu'ils lisaient en moi à livre ouvert. Après les plaisanteries d'usage bientôt évaporées dans les effluves de la cuisine chinoise, j'ai pris la parole pour leur expliquer ma stratégie :

– J'ai besoin de vous pour me faire élire, et c'est dans votre intérêt que je le sois. Les jeunes ont perdu non seulement le sens de la chronologie mais aussi la mémoire, celle de leurs aînés qui savaient à quoi conduisaient l'intolérance et la désignation de boucs émissaires. Aujourd'hui, jamais autant de connaissances n'ont été disponibles, mais elles ne ruissellent nulle part… Pour éviter que les jeunes votent par accident pour les démagogues, il faut des arguments concrets. Aujourd'hui, je veux créer un revenu digital universel minimum pour les jeunes. Avec cet appât, je vais les amener à voter. Si vous m'aidez, vous aurez un ami à la tête d'un des pays les plus importants de l'Union européenne. Ce qui veut dire que je serai vigilant sur les contraintes que veut faire peser sur vous, à Bruxelles, la Commission, tant sur les contenus que sur la fiscalité. Et je favoriserai les transferts de CO_2 des industries fossiles vers vous.

À cet instant, je songeais à la quantité d'énergie nécessaire pour faire tourner et refroidir leurs milliers d'ordinateurs sollicités entre autres par la cinquantaine de milliards de consultations de sites pornographiques chaque année, auxquelles s'ajoutent d'autres milliards de consultations d'hommes qui s'inquiètent de la longueur de leur sexe après avoir vu celui des acteurs pornos. Pendant ce temps, des milliards de femmes beaucoup moins préoccupées par la question consultent des sites où évoluent des chatons. Je l'ai pensé mais j'ai gardé pour moi mes fines analyses.

– Voilà, si cela vous convient, je compte sur votre aide pour convertir l'opinion à ma candidature comme vous l'avez fait pour le Brexit, en favorisant sur les réseaux sociaux tout ce qui va dans mon sens et en gênant la circulation de tout ce qui m'est défavorable.

Marion a poursuivi :

– On peut aussi imaginer une circulation d'informations en faveur d'Alexandre. Je me souviens que pour le

Brexit vous aviez fait circuler en boucle l'idée que le coût de l'Union européenne pour les Anglais, c'était l'équivalent de dizaines d'hôpitaux en moins chaque année dans le pays. Mais évidemment le message ne disait rien de l'argent versé aux Britanniques par l'Europe !

Nous n'avons pas eu besoin de sceller formellement notre accord, il s'est imposé comme une évidence. Nous avons ensuite discuté. L'un d'eux s'est exprimé sur leur stratégie, qui était de pousser les individus à moins de mobilité pour augmenter leur temps de consommation digitale. Il est revenu sur la divine opportunité qu'avait représentée l'épisode du Covid quelques années avant, quand, grâce à la crise sanitaire, les États avaient basculé dans le tout-numérique avec l'assentiment inconditionnel de leurs dirigeants, qui y avaient vu la seule façon de sauver l'économie, et donc la civilisation.

– Nous avons gagné dix ans parce que l'idée de l'immobilité a fait son chemin. Maintenant les gens ont compris que voyager physiquement menace la planète, ce qui explique leur engouement pour la réalité virtuelle.

J'avais fait l'expérience du cybervoyage avant de venir à San Francisco. Équipé d'un casque avec un écran, j'étais devenu un autre moi-même, parcourant les étendues sauvages de Patagonie avec ma femme à côté de moi reconstituée sous la forme d'un avatar qui parlait et pensait comme elle. Tout cela sans parcourir un mètre, sans utiliser un litre de kérosène et sans savoir combien de kilos de CO_2 étaient utilisés pour atteindre une réalité virtuelle aussi aboutie.

Le rêve, quoi !

15

Une négociation réussie, ce n'est pas toujours une ligne droite : il faut compter avec les chemins de traverse. À un moment, mon interlocuteur a continué à insister sur les nombreux avantages de la sédentarité. Il a choisi l'exemple de la visite virtuelle des favellas de Rio, où chacun peut évoluer sans prendre le risque de se faire agresser, sans le désagrément d'avoir à passer de longues heures en avion après des contrôles exaspérants pour au final circuler sans sécurité dans un pays inconnu, affaibli par le décalage horaire. Il a évidemment insisté sur les bienfaits que cela représentait pour la nature, de ne plus avoir à souffrir de ces hordes de touristes venus piétiner des sols qu'on finit par bétonner pour leur confort. Il était limpide que, dans la discrétion la plus totale, cette industrie agissait en coulisse pour rendre les industries traditionnelles obsolètes et détourner à son avantage l'énergie qu'elles avaient consommée jusqu'alors.

Pour changer de sujet, à un moment, je leur ai

demandé pourquoi ils avaient souhaité que notre rencontre ait lieu physiquement plutôt qu'à distance. Une très belle femme aux yeux bleus mélancoliques a répondu que l'enjeu de nos discussions nous interdisait d'échanger via une visioconférence. J'ai rétorqué qu'il existait des réseaux de communication sécurisés. Elle a eu un sourire amusé.

– Plus vous avez l'impression qu'un canal est sécurisé, plus vous risquez d'y être écouté, parce que c'est là que tous les gens qui ont quelque chose d'important à échanger se livrent imprudemment. Si certains en reviennent aux machines à écrire, ce n'est pas pour rien, votre ordinateur vous écoute, votre smartphone vous écoute, on vous filme dans la rue, votre voiture autonome vous écoute, votre réfrigérateur vous écoute et, quand vous installez une alarme avec caméra chez vous pour vous protéger, on vous écoute aussi, évidemment, en plus de vous regarder.

Elle a éclaté de rire avant de conclure :

– Si avec tout cela vous pensez qu'en utilisant Signal ou WhatsApp, vous êtes seul au bout de votre téléphone, c'est que vous n'avez vraiment rien compris !

Son collègue, que je sentais préoccupé depuis un moment, a rejoint la conversation subitement :

– Euh, je repensais à ce que vous suggériez concernant notre action en votre faveur sur les réseaux sociaux. Les pro-Brexit avaient recruté une société pour les aider dans leur interface avec nous, Cambridge Analytica, si mes souvenirs sont bons. Vous devriez faire pareil, pas avec cette société qui a été très décriée mais avec une autre qui pourrait nous aider à cibler les données qui vous intéressent. Nous l'avons fait pour Obama et nous sommes capables de vous dire d'après les données que nous collectons ce que les gens attendent précisément de cette élection, d'une façon infiniment plus précise que les instituts de sondages qui interpellent les gens à un moment donné alors que nous, nous vivons avec eux, nous sommes en eux. Mais la question va beaucoup plus loin aujourd'hui, elle n'est pas de savoir ce que les gens souhaitent, mais de leur faire souhaiter ce que vous voulez. Toutes les techniques que nous utilisons pour vendre des produits sont utilisables en politique, c'est juste une question de manipulation de la demande. À un moment ou à un autre, vous devrez leur donner l'illusion de la démocratie directe, sans intermédiation. Si vous réussissez en faisant évidemment en sorte qu'ils ne décident de rien, vous aurez atteint un objectif majeur.

– C'est prévu, je réfléchis à une Chambre virtuelle qui viendrait contrebalancer les décisions des députés.

– Vous avez raison, et dans quelques années vous pourrez aussi les remplacer par une intelligence artificielle en attendant que celle-ci remplace toutes les formes imparfaites de gouvernement. L'intelligence humaine individuelle est faible ; collective et synthétique, elle est irrésistible. Confier un avion à des pilotes est une ineptie. Confier une voiture à un être humain est une stupidité. Bientôt, confier un gouvernement à des élus sera un anachronisme. C'est une bonne chose que vous vous y prépariez.

Puis il retourna dans ses pensées.

À la fin du déjeuner, tout était clair : il ne restait plus qu'à gagner.

– Je me demande si je fais bien.

– De quoi ?

– De me lancer dans cette aventure.

– C'est quoi, l'alternative ? Faire encore plus d'argent, ça ne t'intéresse pas et ça ne t'intéressait déjà pas quand tu n'en avais pas.

– Comment tu peux le savoir ? On ne se connaissait pas.

– Tout ce que tu as fait et remarquablement fait jusqu'à présent, tu l'as réalisé avec le sentiment de ne pas vraiment le vouloir, mais tu l'as réalisé. Au fond, c'est quoi, ta vraie motivation ?

– Sauver ce qui reste de la démocratie, un système imparfait, d'autant plus menacé que l'écart entre l'intelligence des fameux GAFAM et celle de tout un chacun ne fait que se creuser… Elon Musk l'a dit à propos de l'intelligence artificielle, il n'est pas exclu que l'homme tel que nous le connaissons soit remplacé par un hybride parfait. Tout ce qui nous rend humains, manger, boire, dormir, consommer, accumuler, nous condamne parce que nous n'avons pas l'espace ni les ressources pour nous multiplier sans détruire toujours plus notre environnement. Changer de nature, c'est ce que propose l'intelligence artificielle, et elle conduira forcément à un homme nouveau, dénaturé, sans besoins impératifs, capable de voyager dans l'espace sans succomber aux radiations. On peut faire l'autruche et n'y voir que de la science-fiction, mais nous y sommes déjà. Et tout ce que nous voyons aujourd'hui sera bientôt obsolète.

Marion m'a regardé en souriant derrière ses lunettes de soleil un peu trop grandes pour son visage. J'avais oublié les miennes et je le regrettais. Nous étions juste au-dessus de l'eau, dans l'avancée du restaurant qui faisait salon de thé à cette heure de l'après-midi.

– Dans quelques années, cet endroit aura disparu, submergé par la montée des eaux.

Depuis notre arrivée à San Francisco, j'avais emmené Marion dans tous les endroits que j'aimais, que j'avais fréquentés jadis, et Sausalito, ce village paisible et un peu bobo en bord de mer, juste après le Golden Gate, gardait le charme de ces lieux totalement américains sans l'être. Et de là, par la route côtière, on pouvait remonter jusqu'au Canada parmi des paysages sauvages. Mais nous n'irions pas plus loin.

Il était temps pour moi de me déclarer candidat à cette élection qui, d'ici, me paraissait à la fois lointaine, folle et prometteuse.

16

Imposer l'individu en fonction de son impact sur l'environnement est une véritable réforme. Je le lis sur le visage des ministres, qui commencent à anticiper les réactions épidermiques des uns et des autres. Contraintes, sanctions, récompenses, ils sentent déjà le vent de la contestation se lever. Mais depuis que les révoltes minoritaires ont majoritairement envahi les médias, l'équilibre des forces s'est considérablement modifié, au point de rendre explosive la réforme la plus anodine. Plus personne ne souhaite se risquer à changer quoi que ce soit. Chaque ministre voit à quelle frange de la population, à quelle sorte de lobbies tenaces et hargneux, dont l'essence même est de plier l'intérêt général à leurs espérances de gain, il va être confronté à cause de cette réforme. Certains se préparent déjà à toutes les exceptions possibles pour soulager leurs inquiétudes. Ces puissances trouveront dans un peuple exaspéré un allié inespéré pour tenter de balayer tout changement annoncé. Et j'ai vu, à l'accablement qui submerge l'enthousiasme dont ils voudraient faire preuve, que ce projet-là menace une multiplicité d'intérêts habitués à faire semblant de lutter contre le réchauffement climatique.

Seules les mesures de « protection » à court terme parviennent à se faire un chemin dans les consciences des citoyens sans les offusquer. Mais dès qu'on parle de changements profonds, il n'est plus question que de craintes viscérales, de peurs, d'angoisses irrationnelles. Le citoyen « pusillanime et mou », pour reprendre l'expression de Tocqueville, se fonde dans le consommateur compulsif que le manque de ruissellement de la connaissance ne parvient plus à élever au-delà de ce déterminisme.

Cinq mois de pouvoir n'ont pas entamé ma lucidité, même s'ils ont nourri une forme de pragmatisme qui pourrait parfois passer pour du cynisme. En fait, je crois avoir évalué mes contraintes sans illusions. La concentration des pouvoirs dont je bénéficie ne me permet pas de changer profondément les rapports économiques. Si les Américains ont autant milité pour le libre-échange et la mondialisation, c'était bien pour limiter le champ d'action des États. À cela s'est ajoutée l'Europe libérale, qui a donné aux individus le sentiment d'être pris dans un système économique universel auquel la Corée du Nord est à peu près la seule à échapper, alors que partout ailleurs, les systèmes politiques démocratiques ou autoritaires confortent cette immense foire du consumérisme. Dans le passé, tant de convictions ont fini en regrettables arrangements que j'ai décidé d'imposer cette loi, sans jamais reculer.

Mon conseiller sécurité me rejoint dans mon bureau, où je prends en réfléchissant la mesure de l'adversité, et me dit que le directeur de la DGSE, notre service de renseignement et de sécurité extérieure, souhaite me voir pour une affaire grave et urgente. Il est là moins d'une demi-heure après que j'ai donné mon accord pour cette entrevue. Barasson a été nommé à ce poste par mon prédécesseur et je n'ai pas l'intention de remplacer ce diplomate spécialiste du Moyen-Orient dont j'aime l'humour et la distance apparente qu'il prend avec sa fonction, sans que le sérieux de celle-ci en pâtisse le moins du monde. Nous n'avons jusqu'ici été confrontés ensemble à aucune crise majeure, ce qui a beaucoup facilité notre bonne entente. J'ai confiance dans nos services de renseignement mais je m'en méfie tout de même parce que leur pouvoir est tentaculaire. Et leur capacité d'intrusion dans les moindres détails de mon existence, spectaculaire. J'ai d'ailleurs pris un conseiller extérieur pour la sécurité de mes communications.

Barasson est aussi grand que moi et un peu dégingandé. Une fois la porte fermée, et que nous sommes seuls, il attaque bille en tête :

– Monsieur le président, je ne vous le cache pas, j'ai

besoin de votre approbation pour une opération, disons, spéciale...

Je souris à cette perspective avant de l'engager à poursuivre.

– Jusqu'ici nous avions considéré comme disparue, sinon morte, une djihadiste qui avait eu un rôle influent dans la préparation des attentats de 2015 en France. Il se trouve qu'elle était prisonnière des Kurdes depuis la chute de Mossoul, avant de parvenir à s'échapper. Puis, avec l'aide de ce qu'il reste de Daesh en Irak, qui est plus important qu'on ne veut bien le dire, elle a changé d'identité, ce qui lui a permis de vivre une douzaine d'années sous nos radars. Elle a été tardivement repérée par nos services comme ayant franchi la frontière entre la Turquie et la Grèce et elle est réapparue à Paris sous une nouvelle fausse identité, française cette fois, afin de se faire hospitaliser dans un hôpital pour des problèmes rénaux qui ont nécessité une intervention chirurgicale lourde.

– L'intervention est réussie ?

– À ma connaissance, oui. Nous voilà placés devant une alternative. Bien sûr, nous pouvons attendre qu'elle soit guérie pour la faire arrêter puis juger. Le seul bénéfice que l'on pourrait tirer de cette option serait de la faire parler, mais elle n'a plus grand-chose à nous apprendre que nous ne sachions déjà. En prison, c'est certain, elle va participer au travail de recrutement et d'embrigadement de djihadistes. En gros, on ne veut pas d'elle ici. En l'éliminant purement et simplement, on envoie le signe à son camp que la méthode douce n'est pas votre style.

– Vous envisagez quoi ?

– Simple, on empoisonne sa perfusion.

– Je comprends.

– L'avantage, on est débarrassés d'elle. L'inconvénient, c'est qu'en éliminant quelqu'un sur le territoire français, on procéderait à une opération illégale pour la DGSE. Comme on n'a pas très envie d'en parler à d'autres…

– Et moi, si j'autorise l'action, c'est légal ?

– Non. Avant que vous preniez votre décision, je dois vous préciser que cette femme est une criminelle redoutable mais qu'il sera difficile de constituer un dossier assez solide pour que des juges l'enferment à perpétuité. Moi, je la vois sortir dans cinq ans au plus tard et je peux vous garantir que d'ici là, elle n'aura pas été déradicalisée, sauf à lui passer le cerveau à l'eau de Javel, mais ce ne sont pas nos méthodes.

Barasson est de plus en plus détendu. Je le vois s'épanouir dans le fauteuil Louis XVI dans lequel il est assis comme s'il était dans un canapé au bar du Plaza.

Pour ce genre de problème qui nécessite une confidentialité absolue, je suis complètement seul. Je ne peux m'en ouvrir à personne. Et là, pour la première fois de mon mandat, on me demande le droit d'exécuter quelqu'un. J'ai toujours su que ce genre de situation faisait partie de ma charge mais rien de tel ne s'était produit jusqu'alors. J'ai quelques minutes pour comprendre. Et prendre ma décision. Le premier réflexe, c'est de se demander ce qui se passerait si cela se savait. Le président de la République a ordonné l'exécution d'une femme sur le territoire national, une djihadiste certes, mais une femme. Et française en plus.

– Mais dites-moi, elle a des enfants ?

Barasson opine du chef.

– Trois. D'un ingénieur de Daesh, spécialiste d'internet tué dans une attaque de drone américain sur nos indications de localisation.

– Où sont ces enfants ?

– Chez leur grand-mère, à Bondy.

– Et… selon vos informations cette femme est vraiment une… comment dire, méchante ? Pas une once de remords ?

– Quand elle était en Irak, elle a fait exécuter deux femmes qui ne croyaient plus à la fable et qui voulaient rentrer en Europe. Elle les a dénoncées et elles ont été abattues dans l'heure.

Je l'écoute et j'essaye de réfléchir rapidement. Nous sommes en démocratie, la peine de mort est abolie depuis 1981 pour tout le monde quelle que soit l'horreur des crimes commis. Mais on ne peut pas envisager dans son cas une justice équitable. À l'évidence, elle représente toujours un danger majeur pour nos compatriotes.

Si je refuse son exécution, le patron de la DGSE et ses collaborateurs me considéreront comme un faible. Comme tout président, je sais que se mettre le renseignement à dos ouvre une mauvaise perspective pour le reste du mandat. Ces gens-là sont pour beaucoup des militaires et ils méprisent la lâcheté des civils quand la nation est menacée. Et de fait elle l'est, cette femme en faisant parler d'elle va réveiller des sentiments qu'on préfère oublier. Depuis que j'ai été élu, nous n'avons eu aucun attentat sur notre sol, mais nos services en ont déjoué deux, de taille. La facilité avec laquelle cette femme s'est trouvé une identité avec de faux papiers montre que des réseaux sont actifs et qu'elle n'est pas revenue les bras croisés.

– Vous n'auriez pas une photo d'elle par hasard ?

– Euh… non, pourquoi ?

– Comme ça, je voudrais voir son visage avant de me décider. Il me reste quelques questions en suspens, et je me disais que j'y trouverais peut-être la réponse. J'ai combien de temps ?

– Elle est sortie du bloc, il y a (il regarde sa montre) une vingtaine de minutes. Je préférerais faire passer sa mort pour un choc post-opératoire mais… Et puis humainement j'aimerais mieux qu'elle ne se réveille pas. Mes hommes sont prêts à intervenir.

– Comment ?

– Une infirmière travaille pour nous. Elle va mettre ce qu'il faut dans la perfusion. C'est un produit difficile à identifier en cas d'autopsie. Mais je ne vois pas pourquoi il y aurait une autopsie.

– Bon.

Je me lève et je tourne un peu dans la pièce, pris d'un sentiment que je n'avais jamais éprouvé jusque-là à ce point, celui de la solitude absolue. Il y a à peine six mois, rallonger la vie était la promesse sous-jacente de mon engagement, maintenant on ne me demande rien de moins que de la raccourcir. Oui, je sais, c'était prévisible. La responsabilité d'homicides programmés fait partie de la fonction. La sérénité des jardins de l'Élysée contraste avec cette rude perspective. Et cela ne m'aide pas. Je tue certes au nom de la nation tout entière mais je tue quand même. Si je ne voulais pas vivre de tels cas de conscience, il ne fallait pas être là.

Je pourrais communiquer ma décision à Barasson en regardant le jardin, dos tourné, mais je préfère revenir à mon bureau pour lui faire face et lui montrer ma détermination.

– Faites ce qui vous semble nécessaire, vous avez mon soutien.

Barasson m'a appelé juste après le déjeuner, que j'ai pris seul, pour m'informer que ma décision avait bien été exécutée et qu'à ce stade on ne rencontrait aucune difficulté.

17

Le lendemain, la responsable des médias pour la présidence se glisse entre deux réunions jusqu'à moi. Elle dit d'une voix assourdie qu'une jeune femme est morte lors d'une intervention chirurgicale dans un CHU de l'Est parisien. Par ailleurs, le chef du service où elle a été opérée a confié à une journaliste d'une chaîne d'information en continu que cette mort ne lui paraissait pas naturelle. L'information doit être divulguée dans la journée par la chaîne, ce qui, selon ma conseillère, ne manquera pas d'alerter le parquet. Celui-ci pourrait se sentir obligé d'ouvrir une enquête préliminaire pour assassinat.

Je lui réponds d'un sourire :

– Je vois, rien que des bonnes nouvelles. Mais en quoi cela me concerne-t-il ?

Elle a l'air embarrassée.

– La rumeur qui circule, c'est que cette femme était à l'hôpital sous une fausse identité, qu'elle serait une ancienne djihadiste et qu'elle pourrait bien avoir été éliminée par… enfin, par nos services.

Je réagis en me donnant un air convaincant :

– Ou par des fous furieux qui voient d'un mauvais œil qu'elle risque de se faire arrêter parce qu'elle en sait trop sur l'organisation de Daesh.

J'ai le réflexe immédiat du mensonge. C'est rassurant : je commence à prendre la mesure de la fonction.

J'en apprends un peu plus dans la journée. Le chef du service où la djihadiste a été opérée n'a pas cru à un décès faisant suite à l'opération et apparemment il a des arguments pour le prouver. Ne souhaitant pas voir sa réputation entachée, il a évoqué ses doutes devant tout son service, dont un des internes est en couple avec une stagiaire de cette chaîne de télévision. En enquêtant rapidement sur la morte, les journalistes n'ont pas été longs à suspecter qu'elle avait emprunté son identité à une cousine pour profiter de sa carte Vitale. La cousine, affolée par les médias, a rapidement avoué que la défunte revenait d'Irak.

Le tas grandit. Après la poudre blanche, le sable venu d'Irak. Les ennuis s'amoncellent. Une légère inquiétude me traverse, mais je commence à y prendre goût.

18

Au moment où tout paraît calme, un conflit se réveille dans les hôpitaux. Mon conseiller social, que j'utilise d'une certaine façon pour prendre la température du pays, est convoqué.

– Il fut un temps, dit-il, où on assistait à une véritable lutte idéologique. C'est fini. Maintenant les extrêmes alimentent une révolte permanente relayée par leurs électeurs mais aussi par ceux qui ne votent pas. Elle s'autoalimente sans véritable espérance de renverser un système qui reste quand même avantageux.

– Alors, pourquoi ce climat éruptif ?

– Il subsiste chez nous une tradition de bas salaires dans beaucoup de secteurs, un antagonisme irréconciliable entre le capital et le travail avec de grands privilèges dans chacune de ces catégories. Depuis quelques années, on assiste à une colère latente généralisée. Intersectionnalité des luttes. Le volcan bouillonne. Ses projections, si violentes puissent-elles paraître, s'éteignent rapidement à la faveur de mesures ponctuelles… Tout cela est à l'image des réseaux sociaux, qui autorisent à aboyer, à hurler, à insulter sans véritables conséquences. L'intersectionnalité a créé un phénomène totalement nouveau en associant des colères parfois contradictoires. Par exemple, ceux qui trouvent l'énergie trop chère défilent désormais aux côtés de ceux qui trouvent que l'État fait des efforts insuffisants pour dissuader les Français de consommer de l'énergie, propension funeste pour le climat. Ce qui transparaît, c'est qu'il importe peu que la cause soit commune, du moment que la colère l'est…

Bellot est un homme plutôt râblé, au visage lisse, le front luisant, affublé d'un fort accent du Sud-Ouest qui le rend sympathique. Il possède un véritable esprit de synthèse curieusement couplé avec un sens du détail qui fait que rien ne lui échappe. Mon projet de loi l'inquiète. Cette inquiétude se lit sur son visage aux plis généreux.

– Je pense qu'on va avoir beaucoup de monde dans la rue. Plus ou moins consciemment, une frange de la population se rend compte qu'elle abdique sa liberté contre plus de sécurité. Je dirais que ce sera d'autant plus violent que la réforme ne garantit pas que nous allons éviter le réchauffement. En revanche, c'est un pas vers ce que la Chine a mis en place : un crédit social, où le citoyen est noté pour tous ses faits et gestes pour être ensuite récompensé ou réprimandé. Il risque d'y avoir beaucoup de gens dans la rue.

– Ce ne serait pas la première fois. Ce n'est pas parce qu'on vit désormais avec une caisse de résonance que le bruit initial a été émis par la majorité des gens. Les réseaux sociaux ont imposé le principe des minorités bruyantes mais il n'y a rien d'injuste dans mon projet, je demande seulement au consommateur de redevenir un citoyen.

– Pardonnez-moi, mais le numérique s'en sort bien.

– Je n'ai pas le choix.

Notre conversation est interrompue par ma secrétaire qui m'annonce que Barasson, de la DGSE, est en ligne et me demande en urgence. Mon interlocuteur se lève, s'éclipse discrètement en essayant de gommer d'un sourire son air circonspect et referme délicatement la porte derrière lui.

J'entreprends Barasson avant qu'il ait le temps de parler :

– Vous avez apparemment occulté une donnée essentielle : la fierté du praticien. Je me mets à sa place, une sommité dans un CHU, une opération complexe mais qu'il maîtrise probablement parfaitement, et cette femme morte sans raison clinique. Et voilà notre professeur de médecine qui se lance dans la théorie du complot. On est mal, non ? C'est un peu le *Rainbow Warrior* version Hippocrate. Ma première opération homo va être feuilletonnée façon *Breaking Bad* !… Quelle consécration !

Je dis tout cela sans colère. Le ton n'est pas celui du

reproche, j'essaye seulement de prendre un peu de distance et de donner de la légèreté à une situation tragique. Je poursuis :

– Je n'avais jamais tué personne avant, vous savez pourquoi ? Parce que j'étais certain de me faire prendre. Et c'est ce qui est arrivé. Bon, alors ?

– On va nier, Monsieur le président.

– Sans blague ?! La question, c'est que le procureur va se saisir. Et qu'il y aura forcément enquête et autopsie. Votre infirmière ne lâchera rien ?

– Certain.

– Et le produit létal ? Il n'est pas détectable ?

– Normalement non.

– Il y a cinq mois que je n'ai pas vécu quelque chose de normal.

– De toute façon, personne de sensé ne pourra vous reprocher quoi que ce soit, pas même la droite extrême. Au contraire, je pense que les gens vont dire de vous, si vous me permettez l'expression, « il en a ». Un sondage récent, qui en confirme d'autres, montre que si vous deviez partir, les Français vous remplaceraient volontiers par un général. Vous aurez toujours des bonnes âmes, mais elles s'essouffleront vite. Non, le seul problème que je vois, c'est que les enturbannés pourraient vouloir se venger d'une façon ou d'une autre.

– Des indications dans ce sens ?

– Non, cela reste théorique. En revanche, et cela n'a

aucun rapport, j'ai des informations comme quoi les Russes s'agitent sur le territoire.

– Comment ?

– Des entrées d'agents du GRU, le recrutement de nouveaux clandestins, voilà ce qu'on observe pour le moment. Selon nos agents à Moscou, Poutine se préparerait à vouloir vous rencontrer, il réfléchit paraît-il à une proposition, mais je vous demande de garder cela pour vous pour le moment, si on met les Affaires étrangères dans la boucle, cela pourrait être contre-productif, vous comprenez...

Cette nouvelle m'étonne. On sait Poutine enlisé dans des négociations sur l'Ukraine, et plus généralement sur ce qu'il considère comme son périmètre de sécurité, c'est-à-dire des pays qui ne donnent pas le mauvais exemple de la démocratie à leur population sous Prozac. Il a toujours considéré mon prédécesseur comme quantité négligeable et je ne vois pas très bien ce qu'il pourrait attendre de moi.

19

Je quitte discrètement le palais, sans escorte mais avec un de mes gardes du corps comme chauffeur, dans une voiture banalisée pour me rendre à mon domicile privé où j'ai donné rendez-vous à Marion.

Je suis tenté de lire sur mon téléphone ce qui se dit concernant l'affaire sur les réseaux sociaux. La théorie du complot enfle. Elle enfle au point de me rallier des individus infréquentables qui laissent des commentaires élogieux sur moi formulés avec délicatesse : « J'aimais pas beaucoup ce mec, mais il a eu les couilles de buter cette grosse pute. » D'un autre côté, c'est intéressant, on trouve tous ceux qui ont une telle phobie du complot qu'ils sont prêts à tout avaler pour s'en écarter. De ce balayage d'internet, je ne retiens qu'une chose : l'esprit critique est en morceaux, façon puzzle comme aurait dit Michel Audiard, ce Céline de l'humour…

Avant de quitter mon téléphone, je cherche des photos de la jeune femme. Certaines ont été postées avant sa conversion et rien sur son visage n'annonce sa radicalisation. Je fais partie de ces humanistes qui pensent que les gens ne font le mal que pour restituer à la société le mal qu'elle leur a fait. Pourtant tout indique qu'elle a eu une jeunesse heureuse dans une classe moyenne aisée. Puis soudainement, faute de trouver sa place, elle s'est laissée glisser dans une représentation délirante de la réalité. Et je l'ai tuée, sans jugement, sans l'avoir confrontée à la réalité. Je ne le vis pas facilement, sensation qui me ramène à Poutine, qui a ordonné la mort pour ne pas dire le massacre de milliers d'hommes, de femmes et d'enfants sans ciller. Mais il n'est pas le seul, Johnson et Nixon au Vietnam n'ont pas fait mieux que Bush en Irak. Qu'est-ce qui nous rassemble, si on laisse de côté le nombre et mes scrupules ? La légitimité. Nous sommes légitimes à tuer parce que nous le faisons au nom de l'intérêt général supposé.

20

Les Français s'imaginent que leur gouvernement est toujours prompt à les surveiller. En fait, l'homme le plus observé, c'est le président lui-même. Je ne doute pas que mes téléphones soient sécurisés mais il est fréquent que les gardes du corps servent de relais au ministère de l'Intérieur pour l'informer du moindre de mes faits et gestes. Une façon pour eux de soigner leur avenir post-présidentiel. Il arrive même que certains d'entre eux, rares toutefois, pensent que leur proximité avec le monarque peut faire l'objet de confidences tarifées, autrement dit d'un livre. Je m'en ouvre à mes deux gardes du corps qui sont à l'avant de la Renault Talisman de la présidence :

– Dites-moi, vous n'allez pas répéter tout ce que vous savez à vos copains du GSPR qui ensuite transmettent à Beauvau, on est d'accord ?

Je vois à leur réaction dans le rétroviseur qu'ils sont offusqués.

Le chauffeur répond :

– Jamais de la vie, Monsieur le président, qu'est-ce qui peut vous faire penser ça ?

– Rien. Absolument rien, mais je veux m'assurer que tout ce qui se passe avec moi reste avec moi.

– Vous avez notre parole.

Mon appartement personnel est à moins d'une dizaine de minutes du palais, ce qui ne me protège pas d'un nouveau surgissement. C'est comme cela que j'appelle ces événements impromptus qui se multiplient chaque jour et dont je suis l'ultime point de convergence. En réalité, tout ce qui ne marche pas en France a vocation à échouer sur mon bureau.

21

L'appartement est resté tel quel depuis ma dernière visite. Ma femme, qui n'a jamais voulu me rejoindre dans les appartements du palais, n'a pas souhaité rester là non plus. Elle loue un deux-pièces près de son journal. Cet hebdomadaire canarde de façon obsessionnelle ma politique macroéconomique qui selon lui « donne un sentiment d'immaturité au projet présidentiel et une absence de conviction qui tient certainement à cette phrase prononcée par le président à l'occasion des Rencontres de l'économie : "Quand on parle du peuple, on parle de son pouvoir d'achat, finalement assez satisfait que ce soit là son seul pouvoir. Je crois qu'il mérite mieux que ça" ». Et pourtant, d'après ma femme, c'est un journal ami !

Vanessa a refusé le statut, il est vrai peu enviable, de première dame, qui relève plus du musée Grévin que de l'Élysée. Elle a voulu rester à sa place, à distance de moi, comme si elle souhaitait garder son objectivité de journaliste. Du coup, elle jouit d'une grande sympathie auprès des gens, sympathie dont je bénéficie par ricochet. Ce serait assez habile en termes de communication si c'était prémédité. Quand la rumeur circule que nous sommes séparés, on se montre aussitôt ensemble. On pose ensemble aussi, mais rarement, comme les couples présidentiels en ont l'habitude pour des journaux qui finissent dans les salles d'attente des dentistes ou sur les tables des coiffeurs. Plutôt que de s'exposer genre fève de la galette des rois, on se montre en train de discuter, de débattre ou de déjeuner tranquillement. Mettre en avant sa démarche critique à mon égard a l'avantage de désamorcer d'autres critiques plus acerbes.

Je suis aussitôt frappé par cette sensation étrange d'être dans l'appartement d'un défunt, laissé en l'état depuis sa disparition. J'ouvre les fenêtres pour faire entrer l'air de Paris, moins lourd qu'il n'était il y a quelques années avant que la mairie s'en prenne aux voitures. Leur bruit a été remplacé progressivement par le sifflement des véhicules électriques.

Marion est en retard. Si on dit que la ponctualité est la politesse des princes, les princes n'attendent jamais, sauf quand ils n'ont pas le choix. Elle est finalement là, en beauté. Je le dis parce que les sourdes craintes qui m'animaient à l'idée de la voir ont disparu devant la confiance qu'elle dégage. On s'installe dans le salon, je la préviens que j'ai prévu de lui consacrer une heure, je lui sers un whisky glace et je prends la même chose. Et je commence par la seule question qui vaille :

– Alors ?

– Je n'ai pas voulu lui parler parce qu'on est déjà tous sur écoute, toi mis à part j'imagine, sauf si tu parles avec quelqu'un qui l'est.

– Oui, il vaut mieux éviter, c'est pour cela que j'ai préféré qu'on se voie.

Je sors de la poche un téléphone que je lui donne.

– Tu peux m'appeler avec celui-là sur le numéro qui figure au dos, garde le tien éteint quand tu ne m'appelles pas. Des nouvelles d'Adèle ?

– Non, mais je sais qu'elle ne dira rien à part que la came venait des scellés des douanes sans donner de nom. Elle veut leur faire payer de l'avoir arrêtée…

– Elle est susceptible de dire… enfin de parler ?

– Non, elle ne dira rien.

– C'est très grave pour elle, elle le sait ? Elle va forcément être condamnée et tu ne pourras pas la garder dans ta boîte. De mon côté, je ne peux pas intervenir. On va la laisser seule en pleine nature et c'est là que ça va devenir compliqué. Tu penses qu'elle… qu'elle sait que j'étais un des destinataires.

– C'est possible qu'elle s'en doute.

– Tu vas continuer à avoir une relation amoureuse avec elle ?

– Ça va être difficile.

– Oui, mais si elle se sent affectivement abandonnée en plus de perdre son travail auprès de toi… On est coincés… De toute façon, personne ne voudra la prendre, elle est pestiférée. En revanche, il faut que discrètement, toi et moi, on l'aide.

Après ces échanges, il nous restait encore vingt-cinq minutes. On a fait l'amour comme si c'était une évidence de se rapprocher dans l'épreuve, alors que cette idée ne nous avait jamais effleurés, ni l'un ni l'autre, depuis que nous nous connaissons. Ni quand elle conseillait ma société, ni pendant la campagne électorale où les occasions n'avaient pourtant pas manqué. Nous l'avons fait pour la première fois comme si c'était la dernière. L'intimité qui s'est créée a ensuite aussitôt disparu. Nous sommes revenus au même point qu'avant.

22

Je dors mal dans l'avion présidentiel, et lors de longs voyages cette fatigue s'ajoute aux autres.

J'ai failli tomber de la passerelle de l'avion, heureusement rattrapé par Gérard, mon garde du corps. Malgré cela je suis heureux de fouler le sol canadien, particulièrement celui de la province de Vancouver. J'ai accepté de longue date ma participation à ce sommet. Un de ces sommets depuis lesquels on voit le monde en attendant d'en redescendre. Le thème ? Le climat ! Mais aussi l'adaptation des grands acteurs économiques à cette noble cause. J'y ai été invité par mes amis des GAFAM pour y donner une conférence.

Le président des États-Unis y est aussi. Une façon de faire connaissance. Nous avons eu l'occasion d'échanger en visioconférence. Le contact s'est bien passé pour la simple raison que je parle couramment l'anglais sans accent français, sujet de son ébahissement, qui a duré plus longtemps que le fond de notre conversation. Il me prend pour un allié, enfin, pour un vassal plutôt fiable.

On se retrouve à Victoria, dans l'île de Vancouver, pour un tête-à-tête assez court et chaleureux comme savent l'être les Américains quand ils sont convaincus que cela ne leur coûte rien. Le président qui a succédé à Biden est républicain, très conservateur, beaucoup moins populiste que ne l'était Trump, mais il a dans le regard cette fixité extatique qu'on n'observe en Amérique que chez les croyants les plus exaltés. Quand on se retrouve dans un des salons de l'hôtel luxueux qui nous accueille, il me serra la main longuement comme s'il voulait l'emporter en souvenir. Je suis assez content que nous fassions la même taille, je n'aime pas l'idée d'être toisé, même si c'est rare. Il a pour moi la gentillesse et l'attention que l'on porte généralement à ses fidèles domestiques.

Je lui adresse mes sincères condoléances pour le drame qui s'est déroulé la veille et dont mes conseillers m'ont averti à la sortie de l'avion. Un adolescent de dix-sept ans a débarqué dans un hôpital de Virginie-Occidentale avec un fusil automatique et a tué une quarantaine d'hommes, de femmes et d'enfants, malades et soignants indistinctement. Il me remercie d'un air blasé. On peut le comprendre, un drame de ce genre a lieu environ tous les dix jours sur le territoire américain. En bon défenseur des intérêts de la NRA, le lobby des armes, qui a soutenu son élection, il pense que ces tragédies ne sont pas le fait d'un surarmement des tueurs par la libre circulation des armes mais d'un sous-armement des victimes et il n'a pas hésité à répondre à cette horreur en proposant la création d'une police des hôpitaux. Il y a chez lui quelque chose de l'ordre de la dissociation entre le chrétien qu'il prétend être et le défenseur des flingues, comme si les deux hémisphères de son cerveau ne correspondaient que par intermittence en s'envoyant des signaux dans un morse qu'il peine à déchiffrer. L'une des deux parties de son cerveau a dirigé son doigt vers moi :

– Vous avez vraiment fait du bon boulot en empêchant les prorusses de s'emparer de la France.

Je vois bien, à la façon dont commence notre échange, que la question du climat n'a jamais pénétré son cerveau. Il me donne le sentiment de ne se sentir aucune responsabilité. À la tête de la nation qui symbolise à elle seule ce qu'est la cupidité, il a comme excuse d'être né dans le Nevada, un désert qui l'a toujours été. Lui voit que cela n'a pas empêché d'y créer Las Vegas, la ville où, à condition de ne pas avoir trop d'exigences intellectuelles, on peut s'amuser nuit et jour. Il est là pour soutenir une industrie numérique symbole de la suprématie américaine et rien d'autre. Notre entretien dure un quart d'heure, dont cinq bonnes minutes à nous tripoter devant les caméras. Au milieu de notre tête-à-tête, il m'a fait cadeau d'une information : un de mes conseillers serait très proche des Chinois. Il ne m'en dira pas plus mais je comprends que la suite va se régler entre la CIA et la DGSE. Que le président me l'annonce lui-même, c'est un vrai signe de connivence. Rien à voir avec

Trump, qui révélait à Poutine que la CIA avait truffé son entourage de taupes.

Certains emballages vous trompent sur la qualité du produit qui est à l'intérieur, il existe même des gens spécialisés pour ça. C'est un peu la même chose quand on se trouve sur l'île de Vancouver, on a le sentiment de respirer l'air le plus pur du monde alors qu'il est complètement vicié par les centrales thermiques chinoises qui sont juste en face, de l'autre côté du Pacifique. L'air pur n'existe plus, la petite bande d'oxygène qui gravite autour de la planète ne parvient plus à absorber nos déjections.

Je prononce mon discours, que j'ai écrit moi-même dans l'avion, devant une assemblée conquise, même s'il commence par cette phrase mille fois entendue : « La meilleure énergie, c'est celle que l'on ne consomme pas. » J'ai vu quelques visages dubitatifs au premier rang. Car ici, il n'est pas question de remettre en cause la croissance comme modèle mais plutôt de la favoriser sans trop abîmer, si c'est possible, l'environnement. Je n'ai pas l'honnêteté de dire que c'est une chimère et je prends volontiers le parti d'exposer l'idée que la numérisation de notre quotidien, source de savoir illimitée, est la solution pour moins de mobilité, moins d'énergie, plus de sécurité, et que la création d'un monde virtuel est une bonne alternative pour ne pas saccager le monde réel qui nous porte, le temps que l'intelligence artificielle nous transporte vers d'autres galaxies.

L'audience ne s'attendait pas à un discours aussi dense venant d'un chef d'État, pour un objectif attendu : convaincre que nous avons tout intérêt à ce que l'énergie disponible soit concentrée vers le numérique plutôt que vers des industries obsolètes.

Je livre ensuite une courte conférence de presse devant des journalistes du monde entier, qui me mitraillent de questions sur la réforme verte que j'envisage de mettre en place et sur mon projet d'instiller de la démocratie directe avec la création d'une Chambre virtuelle. Il en ressort que je suis le chef d'État le plus à la pointe dans la fusion des intérêts du numérique, du climat et de la démocratie.

Tout auréolé des commentaires élogieux à mon égard sur internet, je reprends l'avion sans avoir pu m'accorder ne serait-ce qu'une heure pour aller voir passer les orques près des côtes de l'île. Je quitte ce continent, mélancolique, comme si une partie de moi-même restait là, celle des rêves de l'Amérique de la côte Ouest, quand, à la fin des années soixante, une génération s'était levée contre la logique productive et destructrice du complexe militaro-agro-industriel. Mais ces jeunes étaient tombés sur bien plus forts qu'eux et s'étaient finalement réfugiés dans le monde proprement virtuel que leur apportaient le LSD et d'autres accélérateurs de l'imaginaire.

23

J'ai pris ce qu'il fallait pour dormir dans l'avion et j'atterris à Paris plutôt reposé et prêt pour une journée ordinaire : sept rendez-vous, deux réunions, un appel du chancelier allemand. J'ai imposé comme principe à mon cabinet d'organiser des voyages assez courts pour ne pas avoir à souffrir du décalage horaire. Je rejoins donc l'Élysée comme un cadre dirigeant rejoint son entreprise, le matin, disponible et en forme.

Pendant mon déplacement au Canada, après la présentation en Conseil des ministres du projet de loi verte, les esprits se sont apparemment échauffés. Avec le soutien de l'extrême droite, une grande manifestation a été décidée, une convergence des colères, des mécontentements contre ce projet décrit comme « liberticide ». Une partie de l'extrême gauche s'y joint moins par refus d'une action contre le réchauffement que par la perspective d'une surveillance accrue des Français. S'y ajoute la cohorte de tous ceux qui ne veulent pas être brimés dans leur besoin compulsif de voyager, sans oublier certaines bonnes âmes de l'écologie qui n'ont pas envie d'être confrontées à la réalité de leur comportement, des associations de motards et des collectionneurs de voitures anciennes que l'approche de l'interdiction des moteurs thermiques désespère.

– Ça fait du monde, beaucoup de monde dans la rue, dit le ministre de l'Intérieur qui me fait face avec son long visage anguleux.

– Mais ça ne fait pas une majorité pour autant, si ?

Pas de doute, ce type m'agace.

Le premier ministre pose le café qu'il a entre les mains sur la table placée devant lui.

– Ça risque de ne pas faire non plus une majorité à l'Assemblée en faveur du projet. Les députés de tous bords vont en profiter pour marquer leur opposition au projet de Chambre virtuelle, une façon de vous faire passer le message.

– Comment ce projet est-il reçu ? Est-il minoritaire dans le pays ?

– Chez les jeunes, pas complètement, enchaîne le ministre. Ils sont très clivés entre les consommateurs compulsifs et ceux qui comprennent qu'ils vont vivre avec le réchauffement un âge adulte douloureux. Mais les seconds dominent. Quant aux plus de soixante ans, ils rejettent totalement l'idée de devoir rendre compte de leur mode de vie.

– Pourtant nous n'avons prévu aucun malus fiscal pour les faibles revenus et les petites retraites, dis-je d'un ton las. Ils ne peuvent qu'y gagner, d'autant que le bonus et le malus ne sont pas calculés par rapport à un chiffre arbitraire mais par rapport à des efforts consentis.

– Je sais, lâche en baissant la voix le premier ministre. Ce qui apparaît, selon les sondeurs, c'est que le projet fédère contre lui les successeurs des gilets jaunes. Auxquels s'ajoute une petite bourgeoisie qui ne supporte pas l'idée qu'on touche à son standing. Une bonne part de vos électeurs favorables à la lutte contre le réchauffement ne veut pas de contraintes personnelles, ne veut pas voir attaqué son train de vie.

– Il va falloir faire un travail pédagogique.

Je suis un peu irrité et mes interlocuteurs le sentent. Je regarde mon ministre de l'Intérieur qui fait grise mine.

– Quoi d'autre ?

Il se racle la gorge avant de se lancer :

– En fait, le renseignement intérieur a des informations selon lesquelles des groupes extrémistes envisagent d'ouvrir le feu sur la police lors de la manifestation prévue contre le projet. Je précise que ces groupes sont à la droite de l'extrême droite parlementaire et n'ont pas sa caution. Ce sont des malades qui trouvent que l'extrême droite est trop politiquement correcte ! Les ultragauches on les connaît, des black blocs pur jus mais qui ont décidé de passer un cran au-dessus. Bref, pour faire simple, on va tout faire pour désarmer ces groupes avant, ce qui nous laisse trois semaines. Mais la question qui se pose à vous, Monsieur le président, c'est de savoir, au cas où on tirerait sur la police, si vous l'autorisez à riposter. C'est une décision importante.

– Je vois.

J'en profite pour essayer de déchiffrer la réaction des uns et des autres. Sénéchal est impassible. Tout en le regardant, je dis :

– Il me semble qu'on apprend la prudence à l'ENA et pour cela il y a une alternative, soit décider prudemment, soit ne rien décider. Pour l'instant, j'opte pour la seconde option.

– Euh… mais il ne faudra pas trop tarder parce que la police a besoin de savoir. Également pour des raisons de logistique…

Je prends le temps de réfléchir. On entend à l'extérieur le bruit feutré des portes qui s'ouvrent et se ferment sans cesse…

– Je comprends bien. Mais vous savez comme moi que si j'autorise la riposte, elle peut se déclencher incidemment. Qu'est-ce qui me dit que la police ne va pas réagir au premier incident ?

La décision de former un conseil de sécurité intérieure est prise. La grenade est dégoupillée, à moi de m'en saisir et de la jeter le plus loin possible avant qu'elle explose. Il y a quelques jours, je décidais l'élimination d'une terroriste, maintenant je dois décider de faire tirer sur des concitoyens ou pas. Mon conseiller politique, jusque-là silencieux, me sort de ma réflexion :

– Vous ne parlez pas, Monsieur le ministre de l'Intérieur, des informations selon lesquelles des islamistes radicaux se prépareraient à tirer aussi sur la police à l'occasion de cette manifestation. Histoire de venger leur sœur assassinée par nos services puisque c'est ce qui filtre dans les médias.

– Et personne ne parle des chasseurs ? Parce que tant qu'on y est !

On me sent excédé et je le suis.

Sénéchal, qui a gardé la maison pendant que je me suis absenté au Canada, ne semble pas disposé à ce stade à émettre un avis. J'essaye de trancher :

– Je suggère qu'on interdise la manifestation pour des raisons de sécurité.

Mon conseiller rétorque :

– Je ne vous le conseille pas, elle aurait lieu de toute façon et ce serait justifier indirectement la violence.

Je fais un geste qui signifie que le débat est suspendu.

Je reste seul avec Sénéchal qui n'a pas bougé. Il se conforme à mon attitude qui suggère qu'il est urgent de ne rien décider. Il fait diversion :

– Alors, ce sommet ?

– Positif, du moins si l'on en croit l'infosphère.

– C'est ce que j'ai lu.

– Je repense à mon voyage. Il nous faut une Europe forte. Si elle ne le devient pas, on est cuits… Les Européens n'ont aucune vraie conscience de la menace que font peser sur nous les autres grandes puissances.

– Est-ce réaliste ?

– Bien sûr. Je dois m'engager beaucoup plus.

– Tu verrais cela comment ?

Je n'ai pas le temps de lui répondre : ma femme est à l'autre bout du fil, apparemment c'est urgent.

Sénéchal comprend et se lève aussitôt.

24

Je dis à mon assistante de me passer Vanessa.

– Je n'imaginais pas que tu me porterais autant préjudice.

Son entrée en matière a quelque chose de définitif.

– Qu'est-ce qui se passe ?

– Je viens d'apprendre que le groupe financier qui détient mon journal négocie pour le vendre à Arbel.

C'est cet empire industriel qui se cache derrière le concurrent exalté que j'ai battu au second tour. De peu d'ailleurs. Il l'a mal pris parce qu'il croyait dur comme fer que sa marionnette allait gagner contre moi.

– Ça veut dire concrètement que soit je vais me faire virer, soit il va se débrouiller pour me faire avaler toutes les couleuvres de la création au prétexte que je suis ta femme. Tu dois l'empêcher de prendre le contrôle du journal !

Dans ce cas-là, j'ai un principe : ne pas nourrir l'anxiété de l'autre. Je ne vois pas très bien ce que je peux faire, donc je réponds :

– Il doit bien y avoir une solution pour l'en empêcher. Ne t'inquiète pas, je vais voir autour de moi comment procéder.

Je raccroche et reviens au sujet qui m'interpelle le plus.

Je me rappelle que JFK a signé son arrêt de mort quand il a refusé le soutien officiel de l'aviation américaine aux anti-castristes surexcités chargés de débarquer dans un endroit de l'île appelée la baie des Cochons pour renverser Castro. Si je devais laisser les policiers se faire tirer dessus sans riposter pour éviter un carnage, je me retrouverais d'une certaine façon dans la même situation. On ne peut pas faire semblant de ne pas savoir. Les flics ne me le pardonneraient pas. Notre culture n'est pas aussi violente que la culture américaine, mais si quelque chose se brisait entre les forces de l'ordre et moi, mon mandat n'y résisterait pas.

J'ai prévu de dîner seul à l'Élysée dans mon appartement dit privé, prenant le parti de ne penser à rien, exercice compliqué quand on est le point de convergence de tous les problèmes d'une nation. Je me ravise en proposant à Sénéchal de me tenir compagnie. Mon chef d'orchestre a la mine fatiguée de celui qui a la rude tâche quotidienne de résoudre le maximum de problèmes et de mettre sous le tapis tous les autres. Il joue ce rôle de bonne grâce avec zèle et dévouement. Quand il me rejoint, c'est sans son chien, qu'il a laissé dans son bureau.

– Tu aurais pu l'amener, ça nous aurait fait de la compagnie… Et puis c'est tellement rare de voir quelqu'un de désintéressé dans cette maison !

– Mais il est comme tous les Français, grogne son maître, il faut quand même lui assurer un certain train de vie…

Je suis tenté par un Martini-vodka pour m'apaiser mais finalement on s'ouvre une bière.

– Donc… maintenant qu'un peu de temps a passé, tu en penses quoi ?

– Évidemment, dit-il, le plus facile serait de retirer le projet de loi, pas de projet pas de manif, de le représenter plus tard sous une nouvelle forme après avoir amorcé une large consultation qui ferait de toi le grand démocrate que tu prétends être…

– Si on recule, on va faire tout le quinquennat en marche arrière. Si j'avais décidé une grande consultation avant de le lancer, ce serait différent, mais l'annoncer pour le suspendre aussitôt, autant quitter la présidence tout de suite.

– Ça laisserait du temps pour désarmer les cinglés, c'est ça l'idée, gagner du temps. Moi, je crois que les gens n'apprécient pas la méthode. Et puis, surtout, au fond d'eux-mêmes, ils ont le sentiment que ça ne sert à rien… Que tu les fais un peu plus entrer dans le monde de la surveillance sans espoir d'éviter la catastrophe climatique. On s'est lancés en s'imaginant qu'on aurait un soutien majoritaire et on ne l'a pas. On est un peu coincés, au-delà du fait que la manifestation contre ce projet peut basculer dans un bain de sang. Autant dire que si cela devait se passer selon ce scénario, on peut déjà appeler les déménageurs.

– Je n'ai rien à déménager.

– Tu vois ce que je veux dire !

– Si on ne permet pas aux forces de l'ordre de riposter, on ne finit pas le quinquennat. Ils feront tout pour me dégommer.

– Donc ?

– On en rediscutera tous les deux avec le premier ministre et son acolyte de l'Intérieur, mais à ce stade, je ne vois qu'une option : parler des menaces qui pèsent sur la manifestation et dire qu'en cas de tirs, les forces de l'ordre riposteront.

– Il faut se donner encore un peu de temps.

– On est d'accord là-dessus.

La conversation s'arrête brutalement. On observe le match sans rien dire. Puis il reprend :

– On est en train de regarder Amazon ?

– Oui.

– C'est dingue, cette boîte. Avec eux, tu peux passer ta vie dans ton fauteuil, ils t'apportent tout ce que tu peux consommer de bouffe ou d'objets par route ou par drone, ils te livrent tes distractions par leur plateforme, ils te permettent d'accéder à la réalité virtuelle et de voyager immobile. Si tu travailles à distance, tu n'as plus besoin de sortir de chez toi.

– Ça fait un moment que c'est comme ça. Pendant ce temps, on brûle moins d'énergie. En théorie... Pour réduire mes déplacements, les gens de la com me proposent d'apparaître de plus en plus virtuellement, sous forme d'hologramme animé. Par exemple, je dois faire un discours devant une assemblée de chasseurs en Sologne, c'est mon hologramme qui le fait, et quand on en vient aux questions, je réponds depuis l'Élysée mais mon hologramme animé leur donne l'impression que je suis parmi eux. L'avantage, c'est que je gagne du temps en évitant de me déplacer, et c'est mieux en termes de sécurité.

– C'est vrai, il fut un temps où les dictateurs comme Staline avaient des sosies pour faire croire qu'ils étaient dans un endroit alors qu'ils étaient ailleurs. Au cas où on aurait cherché à les assassiner.

Je coupe subitement le téléviseur.

– Pour reprendre notre conversation de tout à l'heure, l'Europe n'a vraiment aucun avenir si elle continue avec les grandes décisions à l'unanimité. On subit la loi des minoritaires et certains d'entre eux sont des traîtres à l'Europe qui penchent vers Poutine. Ce n'est pas acceptable. D'une certaine façon, il nous tient avec des pays comme la Hongrie. Je sais que beaucoup de pays vont refuser la règle de la majorité à la place de l'unanimité. Il faut simplement l'imposer.

– Et comment ?

– En menaçant de sortir de l'Europe. S'ils refusent on propose un Frexit.

Il sourit :

– Et on s'allie à la Grande-Bretagne pour une nouvelle union.

– Pourquoi pas ? Non, sérieusement, l'unanimité est un mode de scrutin qui n'est là que pour garantir l'inaction, et plus on a élargi l'Europe, plus on s'est mis dans la main des minoritaires. On ne peut pas l'accepter pour toutes les décisions majeures si on veut que l'Europe soit la puissance politique et militaire qu'elle doit être face aux Américains, aux Russes et aux Chinois. Quitte à reconstituer un périmètre plus étroit. Il est trop tard pour en discuter en détail mais je voulais juste lancer le débat entre nous deux pour le moment, sans conseiller diplo ni ministres concernés.

– Oh oui, tu fais bien…

25

C'est le genre de déjeuner que je déteste. Mon voisin parle l'anglais comme s'il avait du sable dans la bouche et qu'il n'osait pas le recracher. Je comprends un mot sur deux, mais j'acquiesce volontiers. Le commis voyageur que je suis reçoit à la maison. Je m'explique. Une partie de mes attributions consiste à promouvoir les produits français, moins le slip made in France que nos armes, dont la réputation dépasse largement les frontières. L'homme assis à côté de moi est l'émir d'une dynastie millénaire comblée. Le cheikh qui est à ma droite vient de nous commander pour plusieurs milliards d'euros un système haut de gamme, avec caméras et reconnaissance faciale sophistiquée, qui ne permet plus à personne d'échapper à la curiosité de l'État.

Cet émirat est devenu en quelques années un laboratoire de la surveillance totale, que sa grande richesse et sa faible population permettent d'installer en un temps record. Nous ne sommes pas les seuls sur ce marché colossal mais apparemment une de nos sociétés y prend une place prépondérante. Le seul inconvénient, c'est que cette société appartient à mon voisin de gauche, cet industriel qui vient de racheter le magazine où travaille ma femme et qui a largement contribué à financer la carrière politique de mon opposant à l'élection. Il m'en voudrait moins si j'avais gagné largement mais la faible différence l'a particulièrement irrité. Le protocole l'a installé à côté de moi et nous n'avons pas échangé un mot depuis le début du déjeuner. Je finis par me tourner vers lui, affable.

– Je suis heureux pour la France et pour vous que vous ayez remporté ce contrat. Vous avez dû faire face à une sérieuse concurrence, je crois ?

– Oui, les Américains surtout…

– Non, je veux dire en France, vous n'étiez pas le seul.

– Non, effectivement.

Il ne voit pas où je veux en venir, je le laisse mariner en adressant un sourire à mon autre voisin, qui ne semble pas goûter la cuisine de notre chef à sa juste valeur, puis je reviens à lui :

– On aurait pu favoriser votre concurrent…

– Je pense que notre technologie et notre offre étaient les meilleures.

– J'imagine, mais il n'y a pas que cela qui compte. On aurait pu considérer que c'était l'intérêt stratégique de la France.

Je n'en dis pas plus mais le message est assez clair. Il

fait partie de ces industriels qui mettent de l'argent dans les médias en pensant s'acheter une influence sur les politiques, tout en oubliant un peu vite que ceux-ci peuvent aussi troubler le jeu de leurs intérêts. J'hésite à poursuivre mais je ne peux pas m'empêcher de m'offrir ce petit plaisir :

– Si vous achetez l'hebdomadaire où travaille ma femme, vous devriez l'engager à être plus clémente avec ma politique économique. Je plaisante, je trouve très sain que dans son travail la femme du président d'une démocratie fasse abstraction de ses liens avec lui.

Ce patron gâté par la vie – et l'État – dégage de mauvaises ondes, résultat de ses contradictions profondes. Ce chrétien d'élevage, qui a reçu Dieu en héritage en plus d'une fortune considérable, a trouvé dans la religion un système performant pour laver ses péchés de marchand d'armes sans remords.

Je reviens vers mon invité, notre allié dans un dispositif moyen-oriental qui nous pousse vers les sunnites plutôt que vers les chiites alliés à l'Iran, à la Syrie et donc à la Russie. Ce contrat va lui permettre de surveiller beaucoup plus précisément les chiites résidant dans son émirat ainsi que quelques sunnites extrêmes et dangereux. Le reste des convives se partage le bonheur de cette transaction qui permet à la fois de créer des emplois et de complaire à notre politique étrangère. Tout est donc parfait.

J'ai plusieurs téléphones, dont un est réservé aux

urgences absolues. C'est le seul que j'aie emmené avec moi à ce déjeuner. Il se met à vibrer, péremptoire. Je lis le texte qui s'affiche : « Une députée du centre a été agressée à la sortie de son domicile par un homme qui l'a frappée à la tête à coups de marteau. Elle est entre la vie et la mort. L'assaillant a été arrêté. »

Je suis debout, les bras croisés devant la télé dans mon bureau, entouré des personnes compétentes pour suivre cette tragédie. Le procureur tient une conférence de presse après que la police judiciaire a entendu le prévenu : « Selon ses premières déclarations, il n'a fait qu'exprimer sa colère, qui d'ailleurs, dit-il, a complètement passé, une colère insoutenable depuis plusieurs semaines et que l'annonce du projet du gouvernement n'a fait qu'amplifier, quand il a réalisé qu'il n'avait aucun moyen d'espérer le bonus promis parce qu'il ne voyait pas comment réduire sa consommation de produits nuisibles à l'environnement. L'injustice que d'autres y parviennent l'a mis hors de lui. Il a ensuite ajouté : “Je devais prendre une vie pour espérer que la mienne se poursuive.” »

Il ne manquait plus que cela, un cinglé qui appuie sa démence sur ma réforme !

La question que je me pose alors à voix haute, c'est : comment ce déséquilibré et mon projet se sont-ils croisés pour déboucher sur un massacre ?

Lemonier, mon conseiller à la sécurité, tente une explication :

– La notoriété du sujet dont tout le monde parle et sa paranoïa solitaire se sont retrouvées. C'est un peu Chapman qui tue John Lennon. Le problème, c'est l'amalgame, on lie déjà les deux sur les réseaux sociaux. Je dirais que ce dément n'a pas eu le courage d'ajouter un acte anonyme à son propre anonymat, du coup il s'est dit qu'en assassinant une femme députée il atteindrait la notoriété, et c'est bien ce qu'il advient.

– Un déséquilibré qui commet un crime, c'est malheureusement courant. Ce qui l'est moins, c'est effectivement que son cheminement délirant l'ait conduit à tuer une femme, une députée de la République. Il ne sera pas jugé, il relève de la psychiatrie et il faut tout faire pour qu'on en reste à ce niveau, sauf si on a avantage à agir autrement.

Celui qui parle est un spécialiste des crises qui travaille avec Marion dans sa société.

– Que l'acte commis soit celui d'un malade ne change rien au fait qu'une élue a été assassinée en rapport avec un projet de loi, dis-je d'une voix sèche. Nous atteignons un stade de violence ultime intolérable et nous devons le souligner.

Marion ajoute à voix basse :

– C'est un peu cynique de dire cela mais, au moins pendant un certain temps, on n'entendra plus parler de l'affaire de la poudre blanche.

– Il faudrait que vous vous rendiez sur les lieux du drame et que vous y fassiez un discours. Je demande à Stéphane de s'y coller ?

J'opine devant la proposition de mon conseiller à la sécurité intérieure. Je suis profondément choqué par ce drame mais je sais que dans ma fonction l'émotion n'est pas le meilleur allié.

Stéphane est un écrivain plus réputé pour son style que pour le fond de ses livres. Je l'ai pris comme plume sur la recommandation du ministre de la Culture, qui est lui-même écrivain, lequel n'a pas hésité à troquer son talent, qui n'est pas immense, contre un peu de pouvoir. Il n'imagine pas du tout que cela pourrait lui valoir de disparaître complètement comme écrivain, une fois qu'il aura quitté le pouvoir. En règle générale, Stéphane me prépare le cadre du discours et j'essaye d'y ajouter du fond, de la pensée, ce luxe de la communication. Mais parfois, comme à Vancouver, je me passe de lui.

Fasciné par la tragédie que nous vivons, je zappe sur une chaîne d'information en continu qui a déjà réuni une demi-douzaine d'experts du commentaire, appelés à la fois pour mettre en perspective l'événement et pour le dramatiser, une aubaine pour les médias comme le dit Marion. Une députée de la République est morte des mains d'un Français moyen qui se sentait déclassé. Il n'est ni islamiste, ni d'extrême droite, ni même jeune, il est simplement dépassé et on ne sait pas par quelle funeste magie il s'est senti autorisé à passer à l'acte.

On peut voir cette tragédie comme l'acte incohérent d'un déséquilibré. Il n'en reste pas moins qu'il s'est attaqué à l'État que je représente.

Déjà on s'agite autour de moi, on prépare mon voyage sur place pendant que Stéphane s'attelle à un discours qu'il me remet en moins d'une heure. Mais rien ne va, et je ne sais pas l'expliquer autrement que par le sentiment qu'il sonne faux, comme s'il contribuait à la part obsolescente de ma fonction au lieu de la faire rayonner.

Étrangement, des images me reviennent en tête. Elles n'ont pas grand rapport avec ce qui se passe. Elles ont été, semble-t-il, tournées par une équipe de télévision belge lors du dernier déjeuner dominical offert par Mitterrand à Latche à une brochette de ses proches. On voit sur ces images que plus personne n'a d'attentions pour ce personnage épuisé dont on ne peut plus attendre aucune faveur. Lui cherche leurs regards mais les courtisans qui parlent entre eux l'ont déjà enterré. On le voit longuement seul, son esprit errant dans les souvenirs de ce pouvoir qu'il a tant voulu, mendiant une postérité qui a fait de lui le symbole de la longévité de ce régime contre lequel il s'était autrefois insurgé.

La solitude de la fonction est encore plus forte lors de tels drames.

Un appel de Marion, que je n'ai pas vue partir, m'interrompt dans mes pensées. Elle a longuement réfléchi à la situation. Elle est convaincue, me dit-elle d'un ton qui n'appelle pas la contradiction, que je devrais me rendre sur les lieux de l'assassinat dans la soirée plutôt que le lendemain matin. Pour le discours, elle est d'avis que je le prononce le jour de l'enterrement. Je me rallie à son opinion et je sonne le branle-bas de combat non sans avoir reporté mon dîner avec ma femme qui comprend la situation.

26

Hélicoptère, avion, hélicoptère. On emmène tout le monde. Et la presse évidemment. Mais je ne veux pas lui parler. Le premier ministre a pris un autre avion, ce qui n'est pas une bonne nouvelle pour l'environnement mais c'est une question de sécurité.

La députée a été assassinée devant chez elle alors qu'elle s'apprêtait à monter dans sa voiture pour se rendre à sa permanence. Les premiers éléments de l'enquête me sont parvenus via mon conseiller à la sécurité intérieure qui les centralise pour moi. Le meurtrier a trouvé le domicile de la victime très simplement. Une voisine de la députée s'est vantée sur internet d'habiter à côté de chez elle, en montrant le nom de la rue sur un selfie qu'elle a diffusé sur les réseaux sociaux pour se donner un peu d'importance. Le réseau en question regroupe des « citoyens en colère », fédération des griefs des uns et des autres contre l'État, contre l'Europe, contre l'Amérique, contre l'écologie, contre la vie chère.

Pour éviter les divisions, ils sont contre tout mais en faveur de rien.

Des éléments de l'interrogatoire du tueur qui me sont fournis par le parquet, il ressort cette phrase stupéfiante : « J'aurais pu tout aussi bien ne pas la tuer. L'idée de la tuer cohabitait dans mon esprit avec l'idée d'un poids équivalent que je ne devais pas la tuer. Et je ne sais pas ce qui m'a fait pencher pour l'un plus que pour l'autre. Certainement l'idée que je n'en finirais pas avec cette colère qui est en moi.

– Depuis quand ? demande l'enquêteur.

– Depuis toujours, mais là c'est vraiment plus supportable parce que l'État nous harcèle en permanence, réduit nos libertés avec ces conneries d'histoires d'environnement, et il y a pire encore...

– Le fait d'aller tuer une femme avec un marteau, vous ne vous êtes pas posé de questions ?

– Si, je vous dis, puisque j'ai pensé ne pas le faire.

– Pour des raisons morales ?

– Non, rien à faire de la morale, fallait juste marquer un grand coup pour que ce foutage de gueule finisse, voilà, et une femme députée, c'est sûr qu'on allait en parler. Moi, je vais vous dire, j'ai fait ça pour aider, que ça soit le plus visible possible parce que aujourd'hui avec internet et toutes ces conneries et tous ces médias qui sont aux mains du fric, on n'est jamais sûr d'être retenu dans l'actualité, donc si vous faites quelque chose, il faut faire grand, spectaculaire. Il n'y avait que moi pour le faire, le seul capable parce que j'ai les couilles et que j'ai pas une famille et des enfants pour me retenir par le maillot. »

« J'aurais pu aussi bien ne pas le faire. » La phrase revient comme un refrain.

Le palais a obtenu de son mari qu'il me reçoive un instant.

Quand je sors de la voiture devant le domicile de la victime, j'ai l'impression de pénétrer dans un monde irréel. Des barrières ont été installées pour fermer le périmètre. Des gens de toutes sortes sont agglutinés derrière. D'abord les curieux attirés aussi bien par le drame que par ma présence annoncée. Beaucoup espèrent être sur les images qui seront ensuite diffusées en boucle. Puis viennent les citoyens profondément choqués par cette agression. Il s'avère, et je le vois tout de suite, qu'ils sont moins nombreux que les femmes et les hommes qui jugent que je suis plus responsable de ce drame que l'assassin lui-même, qui n'est, selon eux, que l'expression maladroite d'une colère justifiée. Je le ressens d'autant plus violemment quand, m'approchant de la porte de la maison, j'entends : « Le prochain, ce sera toi. » Je me tourne vers celui qui a lancé ces mots et je le vois faire avec sa main le signe de la décapitation. Une seconde, je me sens vaciller.

Avant de franchir le seuil de la maison, je répète que je ne ferai en sortant ni déclaration ni discours et que je repartirai aussitôt.

Deux adolescents bouleversés s'éclipsent à mon arrivée pour me laisser seul avec leur père, alors que ma suite patiente dans l'entrée.

Nous restons un bon moment assis l'un en face de l'autre.

– Les insultes racistes, les menaces de mort, on en recevait au moins une par jour dans la boîte aux lettres.

– J'ai eu connaissance du premier interrogatoire de l'assassin, il ne mentionne jamais la couleur de peau de votre femme.

– Pourtant, femme, noire, de votre majorité, on a l'impression qu'elle cochait toutes les cases.

– Je ne crois pas à un complot organisé mais je ne crois pas non plus à la théorie du tueur isolé, qui plus est déséquilibré. Je pense plutôt à un paranoïaque ordinaire comme les réseaux sociaux en produisent de plus en plus, un type déboussolé qui, ne sachant plus quoi faire de sa vie, a essayé de lui donner un sens approximatif en tuant votre femme. C'est un homme à la fois totalement isolé physiquement mais très entouré par le sentiment d'une communauté qui partage sa rage. Beaucoup de mots vont être prononcés dans les prochains jours, trop peut-être, y compris de ma part, mais je veux que vous sachiez à quel point je partage profondément votre peine et celle de vos enfants, et si je peux vous aider, la République est à vos côtés pour tout ce dont vous aurez besoin.

– Quand ma femme a été élue, j'ai tout sacrifié pour lui permettre de se consacrer entièrement à son mandat. Mais je n'aurais jamais imaginé que cela se terminerait comme ça.

Après avoir quitté ce pauvre homme, sincèrement touché par ce qu'il vient de me dire, je rejoins la voiture qui m'attend pour me ramener à l'hélicoptère. Depuis mon entrée chez la députée, la foule a gonflé. À ma grande surprise, je suis sorti sous les huées et j'ai eu juste le temps d'apercevoir quelques cartons brandis qui demandaient ma démission.

J'attends dans l'hélicoptère pendant que le premier ministre et celui de l'Intérieur présentent leurs condoléances au mari meurtri. Puis Guimard, au mépris des règles de sécurité, monte dans l'appareil en nage, sans doute à cause de son surpoids. Je sens mon premier ministre offusqué par ces huées dont il a lui aussi été l'objet. D'une voix essoufflée, il lance :

– Ils sont cinglés, non ?

Je le fixe d'un air vindicatif.

– J'en ai vu un qui mimait le geste de me décapiter. S'il a été filmé, il faut le poursuivre pour l'exemple. Le peu de sacré qui reste dans la fonction ne peut pas être anéanti ainsi. Ce qui est clair, c'est qu'une frange de la population veut la tête du roi.

Nous retournons à Paris dans la nuit, secoués par des vents d'altitude. J'ai refusé de m'exprimer, ce n'était ni le lieu ni le moment, je trouvais le silence plus explicite alors que l'infosphère se laissait submerger de mots. C'est dans cet inconfort des turbulences que je prends conscience que mon mandat vient de basculer vers un objectif ambitieux : éviter la guerre civile par tous les moyens efficaces, selon le principe que la fin justifie les moyens et que, quand la fin est honorable, peu importe la qualification morale des moyens.

27

« Longtemps je me suis couché de bonne heure », écrivait Proust. Avec *La Recherche*, il a fait une œuvre. Peut-on en faire autant dans ma position ? Cela dépend beaucoup des circonstances. De Gaulle en a réussi une, poussé par sa lucidité conjuguée aux vents favorables de la grande Histoire.

Quoi qu'il en soit, je me couche de plus en plus tard et je me lève de plus en plus tôt. Je n'en dors pas mieux pour autant, car reste en suspens cette décision que je dois prendre et communiquer au ministre de l'Intérieur. Il m'en a reparlé furtivement à la descente de l'avion, me disant que pour des raisons logistiques – choix des armes et des munitions, positionnement des hommes –, il serait bien que je me décide une bonne semaine avant ces grandes manifestations qui devraient réunir deux millions de personnes. Deux millions sur soixante-dix millions de Français. C'est en gros un peu moins de cinq pour cent de la population, mais beaucoup plus ramené aux actifs, vent debout contre moi !

Pour savoir plus en détail qui sont précisément ces gens j'ai commandé une enquête d'opinion à un institut de sondages en qui j'ai confiance pour avoir prédit ma victoire quand tous les autres me donnaient perdant. Je lui ai également demandé de sonder précisément l'opinion sur un point précis de la loi, dont le premier ministre prétend que son approbation est minoritaire dans le pays.

Anaïs Berlot, la patronne de l'institut, vient me la présenter au petit déjeuner. Je suis dans les vapeurs d'une nuit trop courte. Contrairement à la période où je fonctionnais à la poudre blanche, tout me paraît difficile, particulièrement le matin. D'autant que cette jeune femme est du genre rapide. Nous en venons naturellement aux événements de la veille. La problématique est constante dans les assassinats politiques : s'agit-il d'un tueur isolé ou d'un complot ?

– Le numérique a complètement changé la donne. Contrairement à ce qu'il se passait auparavant, il parvient à agglomérer des personnes seules qui ont un sentiment fort d'appartenance à une communauté informelle, et c'est cette communauté que j'ai besoin de comprendre.

– Comme vous l'avez dit, Monsieur le président, elle est informelle. Le ralliement à un symbole comme le gilet jaune il y a quelques années rendait l'adversité de ces gens-là trop identifiable même si, on l'a constaté, ils étaient très disparates. Nous sommes dans une société de transition dans tous les sens du terme. Quoi qu'il arrive, la société de demain sera fondamentalement différente mais, contrairement aux générations précédentes, celle-ci a la conviction profonde qu'elle ne sera pas meilleure. D'autant que ça va encore au-delà, ce n'est pas seulement la société qui va changer mais l'homme et sa nature profonde. Ils ne savent plus où est leur place et ils ne sont pas convaincus d'en avoir une. Mais surtout, ils ne sont certains que d'une chose, c'est que la société ne leur permet pas d'évoluer, qu'ils sont cantonnés dans leur classe sociale quand partout la réussite est exaltée. Ils ne parviennent maladroitement à se construire qu'en opposition. Pour le reste, ils veulent plus d'argent, la liberté de faire ce que bon leur semble, se déplacer comme ils veulent, consommer sans limite, et ils rejettent cette représentation politique qui ne leur ressemble pas.

– Donc ils votent à l'extrême droite ?

– Certains oui. Le reste déserte les urnes.

– Pour les calmer, il faudrait que je fasse quoi, selon vous ?

– Aucun texte de loi qui puisse les contraindre, moins d'impôts et plus d'argent. Ils ne veulent pas entendre parler de solidarité, surtout pas avec les immigrés, ils ne veulent pas non plus de hiérarchie sociale basée sur le travail, le mérite, les diplômes ou la prise de risques, et surtout pas de nature ni d'environnement…

– Mais ils aspirent à quelque chose, ces gens ?

– Oui, à leur façon. Ils veulent être libres de se déplacer, ils ne veulent pas de limitation de vitesse, la voiture pour eux c'est la possibilité de retrouver une puissance perdue dans la société, de s'upgrader par l'apparence. Et vous, par exemple, en qualité de représentant du numérique triomphant, en faisant la promotion de la voiture autonome, vous leur enlevez le peu de puissance qui leur reste. Si on prend ce seul exemple, il représente quelque chose qui est de l'ordre de la perte de virilité imposée par l'avance technologique alliée au combat pour la planète.

Dans le silence de mon bureau, je mesure le décalage entre les ors de la République, qui s'imposent à nous comme de solennelles dorures, et ce monde qui est déjà là.

Je réfléchis tout en nous servant un autre café, avant de dire :

– Ils sont la conséquence exacte de ce qui arrive dans une société qui a confondu laïcité et consumérisme de l'abrutissement. Combien sont-ils en gros, d'après vous ?

– Deux millions et demi.

– Vous savez ce qu'ils expriment ? Une incapacité flagrante à trouver un sens à l'existence ?

– Si je peux me permettre, Monsieur le président, vous n'avez pas intérêt à les considérer comme vos ennemis.

– Je n'en ai pas l'intention. Je dois tout simplement

les convaincre. Non, ce n'est pas moi qui ai tué cette pauvre députée ! Parce que pour eux c'est ma réforme qui est responsable. Plus personne n'est responsable de rien. Cette infantilisation conduit l'État à être responsable de tout. Et l'État, c'est moi ! L'opposition a pris les devants ce matin en parlant d'un acte injustifiable provoqué par une colère justifiée. Parce que non seulement je représente au premier tour moins du quart des électeurs français inscrits, mais aussi parce que je me permets de promouvoir des réformes qui n'étaient pas dans mon programme, signe que je serais une sorte de fantoche au service de l'industrie numérique américaine. Je sens que du drame national nous allons dériver rapidement vers cette idée que je ne suis pas à ma place en tant que tel mais pour servir des intérêts étrangers. Et là, nous dépassons l'esprit critique pour sombrer dans le complotisme. Pensez-vous que si j'introduisais la démocratie directe dans nos institutions, cela les calmerait ?

Elle réfléchit posément.

– Je ne pense pas. Se dissoudre dans une masse d'électeurs, c'est retourner à l'anonymat dont ils cherchent à sortir par tous les moyens.

– Et mon projet de loi verte ?

– Si vous faites un référendum je ne vous garantis certainement pas une majorité.

– Il me reste le Parlement, mais pour l'instant il se montre hostile.

– Si je peux me permettre, Monsieur le président, je

sais, par des députés et sénateurs que je fréquente, qu'ils sont très inquiets de votre projet de Chambre virtuelle, on vous l'a dit ? Je pense que le champ de la négociation est là : vous en rabattez, même officieusement, sur la Chambre et ils adoptent la loi. Vous y tenez vraiment ?

– À la Chambre virtuelle ? Oui, je la vois comme un instrument de démocratie directe, un lien du peuple à son président, loin des intrigues parlementaires.

– Pour moi, c'est ouvrir la boîte de Pandore. S'ils sont habitués à la démocratie directe depuis un téléphone ou un ordinateur, il n'est pas certain que vos internautes électeurs acceptent de cohabiter longtemps avec la représentation nationale. Si vous m'autorisez un conseil, ne précipitez rien de ce côté-là.

Elle est tellement séduisante, intellectuellement : je ne suis pas décidé à la laisser partir comme ça.

– Si je vous proposais de devenir ma conseillère politique ?

Elle sourit sans répondre.

28

Ce matin, on sort le président. J'ai horreur, une sainte horreur de ces moments-là, quand il faut inaugurer un espace, ouvrir une conférence qui se refermera automatiquement sur elle-même, je déteste cette nécessité de faire acte de présence qui me fait perdre du temps.

C'est toujours la même chose, on reste dans le symbole, dans la com, en présence d'un aréopage de politiques et de hauts fonctionnaires en tenue. Il faut être au niveau des banalités qui s'échangent, avoir un mot pour l'un, un mot pour l'autre. De quoi s'agit-il aujourd'hui ? D'inaugurer un nouvel hôpital psychiatrique en banlieue. En plus, je connais mal ces zones un peu sauvages… En tout cas, la psychiatrie est le parent pauvre d'une médecine qui a déjà été livrée aux chiens de la rigueur budgétaire. La tension est donc constante dans notre système où des gens dévoués triment pour des rémunérations qui ne sont à la hauteur ni de leurs diplômes ni de leur engagement. Tout cela pour maintenir une médecine de qualité globalement gratuite… Voilà un exercice périlleux qui montre ses limites quand dans certains coins de France il faut compter une bonne année pour obtenir un rendez-vous avec des spécialistes. Si on s'élève un peu plus, on comprend que, pour une partie non négligeable de son activité, la médecine soigne des maladies que la société crée elle-même par le stress, la pollution, la nourriture pathogène, situation contre laquelle les gouvernements craignent de lutter, de peur de contrarier les lobbies agroalimentaires.

L'exemple qui m'a le plus marqué, c'est pendant la crise du Covid, quand les obèses et les diabétiques ont payé le plus lourd tribut à la maladie, dramatiquement affaiblis par la surconsommation alimentaire, alors que toute une partie du monde crevait de faim. Mais notre société de marché n'aime pas l'idée de se restreindre, elle préfère que les pathologies se propagent en créant un nouveau marché, celui des médicaments pour y remédier.

Soixante-quinze pour cent des Français apprécient leur vie, mais ce chiffre n'empêche pas qu'ils soient les plus grands consommateurs au monde d'antidépresseurs, comme si leur lutte pour le bonheur les épuisait sur le plan psychique. J'ai cette donnée en tête alors que je m'apprête à inaugurer cet hôpital. Mon conseiller politique m'a suggéré de reporter cette inauguration après l'enterrement de la pauvre députée. Au contraire, je pense qu'en attendant la cérémonie il est bon de faire ce lien avec la folie.

Ils sont tous là. La préfète en tenue, le directeur général de la Santé qui en fait des tonnes pour se faire remarquer, la ministre de la Santé, la maire de la commune, le président du conseil départemental, la présidente de région et évidemment le directeur du nouvel établissement. En retrait, le médecin-chef, le psychiatre qui en assure la direction médicale. La seule figure qui suscite mon enthousiasme parce qu'il est dans ses pensées et qu'il n'a visiblement pas grand-chose à faire de ma venue, pas plus que je n'ai de plaisir à être là. Cela crée entre nous un lien immédiat. La visite proprement dite commence. La procession se forme. Moi devant, flanqué d'un côté du directeur de l'établissement et de la ministre de la Santé de l'autre, une femme que je connais bien et que j'apprécie. Le reste de la troupe suit comme à un enterrement où la mémoire du mort importe peu.

Le psychiatre en chef est juste derrière moi, appelé sporadiquement à témoigner par le directeur de l'hôpital, un fonctionnaire qui donne l'impression de jouer sa carrière ce jour-là. Le temps mis par mon secrétariat pour caler la visite nous oblige à parcourir les lieux déjà occupés par des malades, qui provoquent chez moi une sympathie immédiate. Je ne sais pas d'où me vient cette tendresse pour les fous, exact reflet de mon aversion pour la normalité pathologique.

Nous faisons le tour des installations. Je serre la main des soignants et de quelques malades devant le regard inquiet de mon garde du corps, qui cherche souvent à s'interposer entre eux et moi... Ma fascination pour leur monde n'est pas feinte et le médecin-chef s'en rend compte. Une jeune femme se prend pour un oiseau et m'énumère tous les oiseaux qu'elle pourrait être. Puis elle s'approche de moi, ce qui rend mon entourage nerveux. Elle veut me parler à l'oreille. Au garde du corps prêt à intervenir, je fais signe que tout va bien.

C'est alors qu'elle me murmure à l'oreille une liste d'espèces d'oiseaux disparues avant de se mettre à sangloter. Je la prends dans mes bras, soulagé qu'aucune caméra ne nous filme parce que le moment est authentique et que je n'aimerais pas le livrer aux commentateurs de toutes sortes qui se sentiraient obligés de mettre sur cet instant des mots comme « sensiblerie » ou « démagogie ».

Quand il est temps de se séparer parce que la visite est terminée, je demande au médecin-chef s'il peut m'accorder un moment. Il en est surpris et satisfait en même temps. Les autres ne savent pas quoi faire. Je pourrais les libérer mais je veux leur montrer ce qu'est le temps de la réflexion. Alors que le médecin veut me conduire dans son bureau à l'autre bout de l'hôpital, je remarque une salle libre, probablement faite pour les pauses des soignants, je l'engage à me précéder et je ferme la porte derrière nous en lançant : « Enfin seuls ! » Je vise une machine à café, je lui en propose un et quand j'ai fini je pose les deux gobelets devant nous assis à chaque bout d'une table rectangulaire.

– Ce genre de moments, on ne me les offre jamais, c'est à moi de les prendre. Je sais que globalement vous manquez de moyens et je vais faire tout ce que je peux pour en donner à la psychiatrie. C'est pour ça que je suis venu inaugurer cet hôpital dont je n'ai pas décidé la construction puisque je n'étais pas élu à ce moment-là.

Certains visages inspirent de longs voyages dans l'Histoire et celui du psychiatre est de ceux-là. De la folie, il a l'expérience suprême. Pas lui directement, mais tout montre qu'il porte le deuil de ce que sa famille a enduré dans les années d'hystérie collective qui ont marqué le siècle dernier. Ce qui lui donne profondeur et recul. Ma fonction ne l'impressionne pas. Il n'est pas le seul dans le pays à ne pas être impressionné, mais lui la respecte.

– Ma question va vous surprendre tant elle est vaste, mais j'aimerais avoir votre opinion, comment dire… sur l'état mental du pays.

Il prend la question très au sérieux. Il réfléchit longuement et répond la tête baissée, comme s'il fixait quelque chose au sol :

– Je serais bien en mal de vous parler de l'état mental de la France. Ce que nous avons observé depuis la crise sanitaire, c'est un accroissement brutal des maladies mentales, particulièrement chez les jeunes, mais cette situation était en gestation depuis un moment.

– Vous expliquez ça comment ?

– Pour être synthétique, mais je pourrais le développer, je dirais que tout concourt à replier l'individu sur lui-même. La psychologie d'une personne se fonde en grande partie sur l'altérité, le rapport et la confrontation physique à l'autre. Les gens s'enferment progressivement derrière leurs écrans. Et l'aboutissement de cela, c'est que quand des gens sont réunis, ils passent plus de temps sur leur téléphone avec des personnes éloignées qu'avec les personnes présentes, comme si dans ces nouveaux rapports humains on donnait une prime à l'éloignement. À partir du moment où la technologie vous permet de vivre sans la présence des autres, par le télétravail par exemple, beaucoup de gens s'enferment. D'abord parce que l'autre est souvent source de gêne ou d'anxiété, on peut rapidement sombrer dans l'isolement. Tout conduit naturellement à la création d'une fausse altérité par les réseaux sociaux, vos partenaires de jeux. Sur internet, beaucoup de jeunes se figurent que l'amour, c'est ce qu'offrent les sites pornographiques, et ils espèrent pouvoir faire la même chose à l'occasion d'un rendez-vous pris sur Tinder. Bientôt, avec la réalité virtuelle, un casque spécial leur donnera l'impression de faire l'amour avec de vraies personnes, alors que ce ne seront que des images en 3D tellement convaincantes qu'ils auront le sentiment qu'en dehors de cette perfection virtuelle aucun partenaire ne vaut celui qui déclenche leur plaisir finalement solitaire. La perte de l'altérité, c'est la voie ouverte au délire psychotique. Ce sont les autres qui nous maintiennent dans la réalité, quand ils disparaissent, on se perd en nous-mêmes. Voilà pourquoi on constate une multiplication des psychoses, chez les jeunes en particulier. C'est d'autant plus vrai que pendant la crise sanitaire, les enfants suivaient des cours à distance qui s'ajoutaient au temps passé sur les écrans pour leurs loisirs. Mais l'évolution est là. Le marché et la technologie nous dictent notre mode de vie : celui qui vient enferme l'homme dans un monde dont il ne saura plus très bien ce qui est réel et ce qui est virtuel. Jusqu'où les maladies mentales peuvent-elles croître dans une telle société ? Pour moi, c'est sans limite, et l'Allemagne nazie l'a montré en se laissant diriger par de grands malades. Comment concilier aujourd'hui ce qui fait une civilisation avec des instincts de consommation sollicités jusqu'à l'addiction ? Ici, dans cet hôpital, vous avez des malades de psychose, mais la société des gens sains regorge de maniaco-dépressifs, de pervers narcissiques et encore plus généralement d'individus victimes de névroses obsessionnelles, dont la consommation est le meilleur exemple.

Il se lève pour aller jeter son gobelet à la poubelle.

– Si je devais vous livrer une conclusion, Monsieur le

président, je dirais qu'il y a peu de chances que dans les années à venir la normalité reste la norme. D'un côté vous allez avoir les gens qui s'engouffrent dans ce futur digital, de l'autre des individus qui cultivent la nostalgie d'un temps qui n'a pas vraiment existé. Plus de place pour la normalité.

– Comment vous la définissez ?

– C'est quand la civilisation prend le pas sur les instincts, pour donner un sens noble à une existence où s'équilibrent la satisfaction d'être soi et celle d'appartenir à un ensemble plus large qui est la communauté, et tout cela en harmonie avec son environnement naturel.

Après cette parenthèse philosophique, je me lève à mon tour. Je quitte le psychiatre non sans lui avoir signifié le plaisir que j'ai eu à l'entendre. Les autres, qui faisaient le pied de grue dehors, m'accueillent avec soulagement. Je lance pour rire :

– Il y a toujours un risque à laisser des ambitions individuelles seules et sans chef. Ça va ? Vous avez réussi à ne pas vous entretuer ?

Ma sortie n'a pas l'air de faire l'unanimité. Il est temps de se quitter. Je sonde rapidement l'humeur des médias sur mon téléphone. La boucle se forme toujours autour de l'assassinat de cette pauvre femme pour laquelle j'ai la plus grande empathie.

C'est ce qui me distingue particulièrement de

mes prédécesseurs. J'en suis capable, eux en étaient empêchés par une petite névrose qui leur faisait croire que cette difficulté à se mettre à la place des autres quand ils souffrent est un apanage de la fonction. Or c'est complètement faux !

29

De retour au palais, le ministre de l'Intérieur et son acolyte de la sécurité intérieure m'attendent pour faire le point à dix-huit jours de la manifestation prévue contre la réforme.

– Depuis notre dernière réunion, les choses ont changé. Le traumatisme de l'assassinat sauvage de cette malheureuse va laisser des traces. Une minorité pense que je suis responsable du passage à l'acte d'un pauvre déséquilibré. J'ai beaucoup réfléchi. Je pense qu'il faut communiquer, profiter du deuil de cette tragédie pour faire savoir qu'on craint un bain de sang. On ne peut pas interdire une manifestation mais on peut dissuader les gens raisonnables d'y aller.

Le ministre de l'Intérieur inspire longuement avant de se décider à parler :

– Ne pensez-vous pas que l'on pourrait surseoir à la réforme pour lancer un message d'apaisement ?

– Non, ce serait prendre notre part de responsabilité dans ce qui vient d'arriver. Ce serait la fin de mon mandat. Il n'en est pas question, que chacun le comprenne.

– Et au niveau de la police ?

– On va les armer jusqu'aux dents, on n'a plus le choix, c'est clair ?

Ce meurtre s'est finalement révélé comme un drame providentiel. La décision s'est imposée à moi. Retirer la réforme serait évidemment la solution la plus simple mais de toute façon il restera toutes les autres colères. Pourtant, il faut bien le dire, la culture des dirigeants d'entreprise, particulièrement des grandes, est de privilégier systématiquement les actionnaires. Les rémunérations mirobolantes, c'est toujours pour eux, c'est ça la vérité. Quant à la masse des salariés, elle est mal représentée par des syndicats qui sont pour beaucoup de véritables dinosaures englués. Il en résulte un clivage insurmontable entre capital et travail. Une convergence des violences sur fond de guerre sociale est en marche.

Je fais reporter un entretien avec un journaliste du *Spiegel*, le magazine allemand. Je crains de me laisser aller à en dire trop.

Le ministre de l'Intérieur et son directeur de la sécurité intérieure à peine partis, mon conseiller pour les questions de police passe une tête contrariée de ne pas avoir été convié à la précédente réunion pour m'informer que des activistes écologistes radicaux ont attaqué un champ d'éoliennes en construction en Bretagne au lance-roquettes Stinger avant de s'évanouir dans la nature.

– Les éoliennes n'y ont pas résisté, mais on ne déplore aucune victime.

Je ne m'en émeus pas. Je ne suis pas d'humeur. D'ailleurs, je n'ai pas beaucoup de sympathie pour cette façon d'utiliser l'urgence climatique afin d'imposer une destruction des paysages en y enfonçant des blocs de béton et de transformer la nature en stalags de notre bonne conscience.

L'annulation de l'entretien avec le *Spiegel* me laisse une bonne heure pour échapper à l'hystérie ambiante. Une pile de parapheurs a été posée sur mon bureau, amoncellement de documents qui nécessitent mon approbation. Je procrastine. Et pour fêter cela je mets de la musique. Généralement, j'oscille entre Michel Legrand, Bach, Fauré et des requiems. Rien ne dit plus sur moi que mes choix musicaux mais par chance personne ne les connaît, sinon on lirait en moi à livre ouvert. La musique de *L'Affaire Thomas Crown* les bons jours, le *Requiem* de Fauré les mauvais. Je reste une dizaine de minutes les yeux dans le vague à goûter la mélodie de Legrand, quand je suis dérangé par le téléphone. J'hésite à répondre avant de décider de ne pas le faire, mais je suis vite rattrapé par mes obligations. Mon assistante frappe et entre un instant. Sa tête ne laisse pas de doute sur le caractère impératif de sa requête.

– Le directeur de la DGSE désire vous voir.

– Dites-lui de venir…

– Il est déjà là.

Je coupe la musique, contrarié comme un adolescent à qui ses parents ont demandé de baisser le son dans sa chambre.

Il entre et vient s'asseoir en face de moi avant que je l'aie invité à le faire. Je l'interroge du regard.

– J'aurais préféré vous dire cela au téléphone, Monsieur le président, mais cette affaire ne le permet pas.

– Une nouvelle exécution ?

– Pas du tout. C'est un autre type de problème, mais très embarrassant aussi. On a la preuve qu'un de vos proches collaborateurs travaille pour une puissance étrangère.

– Vous voulez dire qu'on a un espion au palais ?

– C'est cela.

Je fais tout pour garder mon humeur plutôt enjouée.

– Qui ? Un conseiller militaire ?

– Non, votre conseiller pour l'industrie.

– Votre degré de certitude ?

– Cent pour cent.

– Ah, je vois. On a dépassé le cadre de la présomption. C'était donc à cela que le président américain faisait allusion lors de mon voyage au Canada ?

– Oui, c'est la CIA qui l'a débusqué.

– Un homme issu des grands corps de l'État. Argent ou idéologie ?

– Les deux.

– Qu'est-ce qu'on fait maintenant ?

– Il ne soupçonne pas qu'on l'a découvert. On doit saisir son ordinateur, son téléphone et tous ses dossiers avant qu'il ait fait le ménage dedans.

– Une perquisition au palais ? Je n'aime pas trop l'idée.

– On ne peut pas faire autrement, dès qu'il saura qu'on l'a repéré il va essayer de tout effacer. Mais on va être discrets.

Je réfléchis.

– Je vois. J'ai une idée. Je vais le convoquer. Et pendant que je lui parlerai, vous pourrez perquisitionner discrètement son bureau.

– Très bien. Il reste juste un problème. Quand il viendra vous voir dans votre bureau, il aura son téléphone sur lui…

– Eh bien, c'est très simple, je vais lui demander de le poser dans la boîte à l'entrée comme on le fait pour tout le monde et vous pourrez le récupérer.

– C'est parfait.

– Oui, mais vous oubliez l'essentiel. Pour qui travaille-t-il ?

– Les Chinois, Monsieur.

– Je préfère ça, j'aurais été navré d'apprendre qu'il travaille pour des alliés. On fait comme on a dit. Je vais le convoquer dans mon bureau pour qu'il soit là dans une demi-heure, ça vous laissera le temps de vous organiser.

J'apprends qu'il est en rendez-vous à l'extérieur, je demande qu'on le joigne et qu'on le fasse revenir immédiatement. Pendant ce temps-là, je fais un rapide tour dans ma tête des informations sensibles qui auraient pu être transmises par ses soins. Elles sont nombreuses. Louvel a assisté en particulier à un tête-à-tête avec le chancelier allemand sur la stratégie à adopter face à l'entrisme chinois en Europe et dans certains pays en particulier, comme la Hongrie, la Grèce ou le Portugal, qui est reconnaissant à la Chine de l'avoir aidé à un moment où ce petit pays était au bord de la faillite. C'était l'objet d'une de mes toutes premières réunions de travail avec le chancelier allemand, un homme particulièrement appréciable, et la question qui s'était posée d'emblée était de savoir si la Chine devait être considérée comme un partenaire ou un adversaire, ou même un ennemi. Le chancelier m'avait fait cette réponse : « Ils se considèrent comme nos ennemis parce qu'ils ont scindé le monde en deux : les démocraties qui défendent un modèle qu'ils trouvent ridicule et les régimes autoritaires qui sont la seule voie politique pour le monde qui s'annonce. Celui d'une déclinaison moderne du monde de *1984* d'Orwell. » Le chancelier avait ajouté : « Et jamais nous n'avons été à ce point entre les mains d'un ennemi. » Il avait justement apporté un rapport de son conseiller qui tenait une comptabilité du pourcentage de fabrication en Chine des produits vendus par les marques européennes. Pour illustrer son propos, il m'avait montré à travers Leroy Merlin et Decathlon – les deux marques préférées des Français avec les surgelés Picard – que les seuls produits fabriqués en Europe les obligeraient de réduire de plus de soixante-dix pour cent la surface de leurs magasins.

30

En entrant dans mon bureau Louvel n'a aucune idée de ce qui l'attend : il a cette arrogance des individus qui pensent toujours avoir un coup d'avance, quel que soit leur interlocuteur. Il n'a pas grande estime pour moi. Selon certaines rumeurs, non seulement il me trouve faible sur la question de la stratégie industrielle de la France, mais un peu trop lié aux géants du numérique américains, ce qui prouve quand même qu'il n'est pas idiot. Dans son plan de carrière soigneusement concocté, son passage au palais comme conseiller du président, après avoir dirigé le cabinet du ministre de l'Industrie dans un précédent gouvernement, est la dernière marche à franchir avant de viser un poste à la direction générale d'une multinationale.

– Pardonnez-moi, j'étais avec le président d'EDF sur la question des tarifs de l'électricité grand public.

Je lui ai souri avant de m'assurer qu'il avait bien déposé son téléphone dans la boîte prévue à cet effet à l'entrée de mon bureau. Puis j'ai commencé en le fixant :

– J'ai besoin de connaître votre analyse concernant la Chine. Vue de l'intérieur.

– Comment, vue de l'intérieur ?

– Parce que vous avez une position très particulière, me semble-t-il, et cela m'intéresse beaucoup.

– Je ne comprends pas.

– Je vous explique. On me dit de source autorisée que vous cumulez deux emplois, un ici à mon service et un autre au service des Chinois.

Je le vois se vider de sa belle assurance puis se reprendre comme s'il avait trouvé une idée pour s'en sortir.

– Je ne vois pas de quoi vous parlez, Monsieur le président.

– Je vous parle de la plus grosse affaire d'espionnage à laquelle nous ayons eu affaire depuis longtemps dans ce pays, ce n'est pas moi qui le dis, c'est le directeur général de la DGSE, dont les hommes, pendant que vous me parlez, sont en train de perquisitionner discrètement votre bureau ! Je ne sais pas comment je vais gérer politiquement cette histoire, mais pour vous, c'est assurément la fin de votre carrière et probablement de votre liberté pour un moment. Je ne suis pas intéressé de savoir tout ce que vous avez transmis aux Chinois parce que je le saurai sans votre aide, en revanche cela me fascine de savoir ce qui a pu se passer dans la tête d'un homme jeune comme vous, dont le destin était tout tracé, pour agir ainsi. On me parle d'argent mais je ne crois pas que ce soit votre moteur principal. Tout ce que vous direz dans cette pièce restera entre nous. En Chine, pour espionnage vous seriez pendu, vous le savez, et avant, on vous extorquerait des aveux écrits sous la torture. Mais nous sommes dans un pays civilisé et, à ce stade, je veux juste comprendre les raisons de votre défection.

Ses défenses tombent d'un coup.

– Parce que c'est l'avenir ! Les démocraties, européennes en particulier, ne voient pas que cet autre monde prendra le contrôle de la planète d'ici 2050. Le modèle autoritaire va faire table rase de la démocratie qui s'est transformée progressivement en médiocratie. Pardonnez-moi, mais si on en est à élire des dirigeants comme vous sur la promesse absurde de procurer aux jeunes un revenu universel financé par l'exploitation de leurs données personnelles, c'est accablant pour notre pays… La montée des droites extrêmes le montre, le modèle démocratique ne contente plus que ceux qui, par habitude, ont peur de le perdre. Le modèle chinois, c'est l'avènement d'un *Homo economicus* satisfait par le développement économique et qui échange le mirage de la liberté d'expression, cette valeur illusoire, contre la prospérité assurée par le parti. Dans notre modèle ultralibéral, ce n'est pas vous qui commandez, ce n'est pas le peuple non plus, ce sont les grandes multinationales qui méprisent l'État. D'ailleurs, je ne suis pas dupe, ce qui vous a permis d'accéder au pouvoir, c'est l'aide des géants du numérique, qui ne croient pas à l'État. Sans le deal que vous avez trouvé avec eux, les populistes l'auraient emporté.

– Ce qui aurait arrangé vos amis puisque ce regain de nationalisme en France aurait fait éclater l'Europe. Donc, vous vous êtes rangé naturellement du côté du plus fort...

– Du plus réaliste, je dirais. J'ai choisi le modèle d'une certaine grandeur contre le délitement d'un modèle médiocre et décadent.

Il est soulagé d'avoir formalisé l'essentiel de ses convictions qui l'ont conduit à trahir. Je vois en lui un modèle de technocrate qui n'a qu'indifférence pour les choses humaines et qui ne s'en défend même pas. Quand il me quitte, c'est pour rejoindre son bureau, où des agents opèrent discrètement depuis un moment. Mais évidemment l'incident n'est pas passé inaperçu et je sais qu'il nous faudra communiquer sur le sujet à un moment ou un autre. La petite société politique a horreur du vide.

Je prends conseil par téléphone auprès de Marion, qui pense que s'il y a une certitude sur sa trahison, il faut l'annoncer avant que d'autres le fassent. Mais l'affaire ne peut en rester là et, après en avoir rapidement discuté avec mon conseiller diplomatique, je décide de convoquer l'ambassadeur chinois pour lui annoncer que j'annule une rencontre prévue avec son président dans un mois et demi. Une équipe spécialiste de l'intrusion vient s'assurer que ni mon bureau ni d'autres bureaux n'ont été mis sur écoute. Toutefois, les enquêteurs trouvent dans celui de mon conseiller un appareil de tout dernier cri qui permet d'écouter des téléphones dans un périmètre de trente mètres.

Cette affaire d'espionnage fait beaucoup de bruit au palais. Moins que le suicide de Grossouvre n'en avait fait en son temps sous Mitterrand. L'ami abandonné s'était suicidé comme une maîtresse délaissée à qui son amant avait fait mille promesses avant de se rétracter. C'était une tout autre dramaturgie, beaucoup plus violente, avec tout ce sang et le reste dispersé dans la pièce. Mon conseiller a lui aussi perdu la tête, mais autrement. Il s'est rallié au cynisme triomphant. Et maintenant dominateur. Car, nous, les démocrates, les bien-pensants, les grandes âmes, les cœurs vaillants, avons délocalisé notre production pour profiter des avantages d'une dictature amorale. Au nom du communisme, cette dictature met les travailleurs au pas et leur impose des conditions de travail et des salaires inacceptables pour des Occidentaux. Voilà une vérité que tout le monde sait et qui n'est malgré tout pas toujours bonne à dire.

Mon conseiller militaire passe me voir en fin d'après-midi pour évaluer l'ampleur des fuites liées à cette nouvelle affaire.

– Des indices nous font penser qu'il y a aussi un volet militaire important, me fait remarquer ce jeune général (il a juste cinquante ans). Il avait accès à tous les projets de l'industrie de l'armement.

Ça, c'est la mauvaise nouvelle, ce secteur comptant pour beaucoup dans la richesse nationale, et j'en suis, comme mes prédécesseurs, le VRP actif dès que je mets un pied à l'étranger.

– Comment le faire parler ?

– On a des moyens, général ! On peut lui donner le choix entre vingt ans ferme et une peine de principe s'il se met à table.

– Vous pensez qu'on pourra étouffer cette affaire ?

– C'est trop tard, et j'ai besoin de marquer un grand coup, de montrer aux Chinois qu'on sait et qu'on le dit à la face du monde.

– Ce qui est étrange, c'est la concomitance entre cette histoire et des informations ultraclassifiées que le ministre des Armées m'a demandé de vous transmettre aujourd'hui. Ces informations viennent de la direction du renseignement militaire. Je ne sais pas si vous vous en souvenez mais, juste après l'accession au pouvoir de Kennedy, l'état-major des armées était venu le voir pour lui proposer une attaque nucléaire préventive contre l'Union soviétique en arguant qu'à ce moment-là l'avance technologique américaine était suffisante pour gagner la guerre, ce qui n'allait pas durer. Kennedy avait refusé de céder à cette folie. Il se trouve que nous parviennent des rumeurs de l'état-major de l'armée américaine et de la CIA qui vont dans le même sens. Mais cette fois pour anéantir la Chine. Apparemment, certains faucons à Washington sont persuadés qu'une guerre est inévitable avec eux d'ici 2050. Aujourd'hui l'Amérique est encore en avance sur la Chine sur le plan militaire, elle ne le sera plus longtemps…

– J'ai entendu parler de cette histoire concernant Kennedy et son état-major. L'Allemagne a aussi déclenché la guerre en 1914 selon l'idée que si elle attendait trop, la Russie pourrait devenir une puissance imbattable.

– Vous connaissez les faucons américains, Monsieur le président. Ils pensent pouvoir terrasser l'armée chinoise en quelques jours et porter un coup fatal au parti communiste et à ses dirigeants. Mais le problème, c'est que, contrairement à nous et aux Américains, les dirigeants chinois voient loin et, contrairement aux Soviétiques pendant la guerre froide, ils ont vraiment la volonté de dominer le monde. Les Chinois ont su se débarrasser du collectivisme pour n'en garder que l'asservissement des peuples à un capitalisme dominé par le parti. Ils cumulent tous les avantages ! C'est un basculement de civilisation qui se prépare…

– Cette attaque américaine vous paraît probable, général ?

– Pas vraiment, Monsieur le président, ils ont assez à faire avec la Russie pour le moment.

La journée se finit avec mes paraphes attendus sur les innombrables documents, décrets, règlements qui me sont soumis. Chez nous, la bureaucratie veut tout régenter. Elle cherche comme un limier les vides juridiques qu'elle pourrait combler à son propre avantage pour maintenir son pouvoir dans l'ombre.

31

Nous avons finalement convenu avec Vanessa de ne pas dîner dans l'appartement du palais mais dans un de ces restaurants qui font le charme de la cuisine traditionnelle française et qui disposent de petits salons intimes. La réservation est faite à un nom différent du nôtre pour des raisons de sécurité. On s'y retrouve avec enthousiasme comme deux anciens camarades de fac qui ne se seraient pas revus depuis l'obtention de leur diplôme. Sa position à l'égard de ma fonction est différemment appréciée selon qu'il s'agit de féministes qui trouvent opportun qu'elle ne se soumette pas au patriarche des patriarches, ou de conservatrices qui lui reprochent son égoïsme à ne pas vouloir être à mes côtés dans l'exercice d'une charge qui nécessite, selon elles, d'avoir le soutien d'une épouse dans mon périmètre rapproché pour me rassurer et me permettre de m'épancher. De nombreuses femmes m'imaginent en victime, car après tout, dans une société où chacun se sent victime, pourquoi le président n'en serait pas l'ultime ?

J'espérais de ce dîner un peu de légèreté, de dérivation de mes soucis. Mais Vanessa se présente à moi comme un dossier à problèmes de plus. Elle entame le dîner en revenant sur la négociation du rachat de son magazine. Selon elle, cet industriel aurait décidé de se payer ce journal pour nous nuire, à elle d'abord, à moi ensuite. Une vendetta ordinaire.

– Pour tous les journaux qu'il achète, il procède de la même façon. Il faut lui prêter allégeance dans les tout premiers jours. Ceux qui s'y refusent sont virés immédiatement. Les autres ? On les transforme en plantes d'appartement qu'on oublie d'arroser. Ces gens-là finissent par partir d'eux-mêmes. Je pense qu'il n'osera pas me licencier, encore qu'il en soit capable… Il va me laisser pourrir sur pied jusqu'à ce que je parte de mon plein gré.

– D'après ce qu'on me dit, le rachat n'est pas fait. Il bute sur une question d'abus de position dominante.

– Certains pensent qu'il pourrait contourner les règles européennes de la concurrence, dit d'un air las Vanessa, en prenant un faux nez, un fonds d'investissement étranger, par exemple.

– J'ai entendu ça aussi. Sauf qu'on travaille sur une loi sur l'indépendance des médias qui exclurait toute prise de participation dans la presse de groupes financiers étrangers hors Union européenne sans agrément de l'État. Ça se traduira par une commission comprenant des fonctionnaires et des journalistes. Autant dire que le faux nez va sur un os. Je fais aussi suspendre toutes les cessions en attendant que la loi entre en vigueur. L'indépendance des médias m'a beaucoup préoccupé depuis mon accession à la présidence. La France aime les grands mots. La liberté d'expression est sur toutes les lèvres mais la réalité est loin d'être aussi simple. Certains industriels ont investi dans la presse pour la capacité de nuisance qu'elle représente. Et ils ne se privent pas de l'utiliser, en contrepartie de faveurs ou de facilités de toutes sortes dans la poursuite de leurs entreprises. Ce qui fait de la liberté d'expression une notion toute relative. En dehors du service public, et de quelques journaux ou sites indépendants, la quasi-totalité des médias est sous contrôle, c'est ça, la vérité. De même qu'elle a ses propres services de renseignement, la grande industrie a ses organes d'information et ce n'est pas toujours au bénéfice de la liberté d'informer, crois-moi ! Beaucoup de journalistes doivent naviguer entre l'autocensure et la dramatisation excessive de l'information pour vendre de l'audience et donc de la pub. Je ne suis même pas certain qu'il ait visé ton journal parce que tu es la femme de son ennemi politique. Il est simplement fidèle à sa tactique, qui est de mettre la main sur le plus de médias possible et de marteler par tous les moyens des mensonges jusqu'à ce qu'ils deviennent des vérités, c'est tout. Les forces considérant que la démocratie est une parenthèse de l'Histoire qui doit se refermer le plus vite possible sont en marche.

Ma femme a des convictions économiques libérales. Elle croit à la supériorité du marché sans réaliser qu'elle consacre ainsi la suprématie de l'argent sur le bien commun, dont la liberté d'expression fait partie. J'en viens à la conclusion :

– Il a déjeuné récemment à côté de moi et je lui ai fait passer le message.

– Quel message ?

– Je ne fais pas de confidences aux journalistes.

Le dîner est étrange. Je la sens perturbée par le nouvel équilibre des pouvoirs qui s'est institué entre nous et qu'elle considère, sans oser le dire, exagérément en ma faveur. Jeune, elle réussissait tout, tandis que je restais dans l'ombre. Le rapport de force a changé.

Puis, continuant inlassablement à faire défiler son ordre du jour, elle en vient à une proposition de son groupe de femmes : il s'agit de mettre tous les appartements sur écoute pour prévenir les violences contre les femmes, le harcèlement psychologique en particulier. Pas moins ! Elle m'explique leur projet dans le détail. L'idée n'est pas d'écouter les gens, mais de détecter les situations de crise et d'en faire un traitement centralisé.

– Il doit bien y avoir un moyen d'identifier une situation violente, plaide-t-elle, sans pour autant mettre en place une surveillance généralisée.

– C'est une surveillance généralisée ! L'essence de la

révolution numérique est d'échanger la liberté contre la sécurité. On met des caméras dans les rues, on écoute ton téléphone, on rend intelligents les appareils domestiques, l'idée est bien d'étendre une toile d'araignée sur les individus en leur promettant la quiétude absolue.

– Sans l'aide des géants du numérique, tu ne serais pas président.

– Une technologie, surtout celle-là, c'est Dr Jekyll et Mr Hyde. On ne peut pas l'ignorer, j'essaye d'en utiliser les bons côtés, ou du moins les côtés acceptables. Et si cela a facilité mon élection, eh bien tant mieux. Mais ce que tu me proposes, c'est un pas supplémentaire vers une forme de totalitarisme numérique. Mais ne t'inquiète pas, bientôt les couples n'auront plus d'utilité, on trouvera son alter ego dans le métavers, on fera l'amour avec lui en ressentant les mêmes sensations qu'avec une vraie personne, et la relation de pouvoir, de domination intellectuelle et physique sera complètement écartée…

J'exagère, évidemment, mais c'est pour les besoins de la démonstration, quoique tout ce dont je parle soit en gestation…

Comme toujours après les préliminaires, vient le temps de passer aux choses sérieuses, le sujet principal de notre dîner, celui qui aurait dû être abordé dès les premières minutes de nos retrouvailles. Nous le savons l'un et l'autre. Elle ne dit rien et attend que je commence, ce que je fais pour en finir :

– Qu'est-ce qu'on fait pour l'enfant ?

– Tu l'as vue ?

– Non, je n'ai pas encore osé. S'il y avait des fuites, ce serait un problème. Cette enfant a aussi une dimension politique, tu t'en doutes.

Elle ne dit rien. Elle est courbée au-dessus de son assiette et le salon boisé dans lequel nous dînons m'apparaît soudainement d'une terrible froideur.

– Je ne veux pas la voir.

Je me reprends parce que si j'avais eu le temps d'y réfléchir, il était évident que nous en arriverions là. Notre couple est devenu un hologramme, je suis le père biologique de cette petite fille, elle n'en est pas la mère. Nous nous sommes éloignés sans nous décider à rompre et je lui suis reconnaissant de ne pas ajouter la gestion de notre séparation à mes problèmes qui sont déjà nombreux. Refuser cette enfant est plus cinglant qu'une demande de divorce. Le président de la République en père célibataire, mes capacités d'anticipation ont été largement dépassées. Déjà j'oublie notre couple enterré sans cérémonie, mais je pense à l'enfant, au contrat passé avec sa mère biologique. Je n'envisage pas de ne pas l'honorer. Pour le moment le nourrisson reste avec sa mère qui l'allaite et j'ai jusqu'au sevrage pour prendre une décision et m'organiser. Je vais lui rendre visite bientôt, c'est une question d'agenda.

– Tu es prête à continuer comme ça ou tu préfères qu'on officialise la séparation ?

Elle soupèse silencieusement les avantages et les inconvénients. Elle a conscience de ce qu'elle fait peser sur moi désormais et n'a pas l'intention d'en rajouter.

– Comme tu veux.

– Je ne suis pas en état de vouloir quelque chose. Il faut que je réfléchisse et je n'ai pas beaucoup de temps pour cela en ce moment…

Elle peut paraître froide, inconséquente, égoïste et sans cœur, mais je ne la vois pas comme ça. Je crois simplement qu'elle ne m'a jamais vraiment aimé mais qu'elle avait trouvé à travers moi un homme qui participait à son équilibre. Cette fragile alchimie s'est détériorée avec ma réussite financière. En revanche, je la sens contrariée de constater que j'ai pris la mesure de ma fonction et que j'y imprime plus de caractère qu'elle ne m'en avait soupçonné. Elle se voyait finir patronne de son journal et, malgré mes dénégations, elle reste persuadée que je serais la cause de ses ambitions brisées. Alors que rien n'est encore advenu et qu'au contraire, par mon action, je la protège.

Puis au moment où je m'y attends le moins, elle m'avoue qu'elle a un amant, avec lequel elle entretient une relation de plus en plus sérieuse qui rend impossible l'intrusion de l'enfant dans cette nouvelle vie. Dans un premier temps, je ne cherche pas à savoir de qui il s'agit. Mais comment gérer ces deux nouvelles pièces, l'enfant et l'amant ? J'ai beau fouiller dans ma mémoire, je n'ai pas le souvenir de l'histoire d'un président père d'un enfant né d'une mère porteuse, conçu pour consolider le couple qu'il forme avec sa femme qui le trompe avant de le quitter. Comment en faire une belle histoire pour les tabloïds ? Il faudra y réfléchir.

On se quitte froidement mais sans animosité, comme un vrai couple moderne qui explose sourdement…

32

Je n'ai jamais particulièrement apprécié l'Élysée, voilà la vérité, et surtout ses appartements privés, selon la terminologie officielle. Mais pour les spécialistes qui m'entourent, c'est le seul endroit où l'on peut assurer sérieusement ma sécurité. Je les trouve lugubres. Dans cet espace trop vaste, je me sens à l'étroit comme si je logeais au tombeau des Invalides, la satisfaction de la postérité en moins. Cette postérité obsédait Mitterrand, qui avait été jusqu'à organiser un faux attentat contre lui pour se donner une importance qu'il n'avait pas encore. Le risque est élevé, on n'arrête pas de me le répéter, et la déferlante islamique n'a rien arrangé.

La nuit a été courte, le sommeil a commencé à me prendre à l'heure où je dois me lever. Je me réveille avec un poids sur l'estomac, conscience réflexe de l'importance de la journée à venir. Toutes les plus hautes instances de l'État seront là à attendre de me voir délivrer un message suffisamment fédérateur pour que le pays puisse continuer après ce que les observateurs qualifient de séisme. Il y a quelques années, un islamiste plein de haine avait décapité un professeur qui tentait de développer l'esprit critique de ses élèves en évoquant les caricatures de Mahomet, déjà à l'origine d'une tragédie nationale, et que cet épisode sauvage rouvrait d'une façon résolument spectaculaire. Cette fois, une femme, une élue de la République, a été tuée, le crâne défoncé à coups de marteau. Quand les policiers l'ont interrogé sur les motifs de cette colère, le prévenu a déroulé un inventaire à la Prévert pour finalement révéler que l'annonce de toute nouvelle loi provoquait chez lui un sentiment d'oppression physique comme si les murs d'une prison s'avançaient vers lui, ce qui allait d'ailleurs lui arriver pour un certain temps.

Pour donner l'exemple dans une période dite de « sobriété énergétique » – dixit le précédent gouvernement –, j'impose à tous les officiels de se déplacer dans un seul TGV, réservé pour l'occasion. J'en ai fait symboliquement un train du deuil, le deuil d'une démocratie qu'on pensait apaisée, mais qui se révèle l'être de moins en moins d'année en année. Le premier ministre et le président du Sénat sont présents. Le président du Sénat ne m'aime pas, à cause de mon projet de Chambre virtuelle, parce qu'il est le deuxième personnage de l'État et que je menace de l'éliminer des institutions.

L'enterrement a lieu dans un village balnéaire dont les beautés naturelles et architecturales résistent à l'urbanisation et à son cortège de constructions regrettables. L'église de ce village à forte tradition catholique se situe près de courts de tennis qui n'ont pas cédé à la pression foncière en demeurant devant la mer, même si on sait d'ores et déjà que la côte disparaîtra sur une large bande d'ici la fin du siècle, victime de cette montée des eaux qui va bientôt faire ses premiers réfugiés climatiques. Le hasard veut que, sans m'être familier, ce bourg me rappelle quelques souvenirs. Jeune étudiant, avant que j'intègre HEC, un de mes copains de terminale m'avait invité dans sa maison familiale d'un quartier huppé peuplé d'énormes bâtisses humides plus que centenaires, ceintes de grands jardins ombragés par d'immenses pins noueux tordus par les vents. Mais surtout c'est là que trois ans plus tard j'ai rencontré celle qui hier encore était ma femme, et qui comme moi résidait chez des amis. Ce hasard est troublant. La foule se presse autour de l'église, contenue par un service d'ordre impressionnant. Déjà des cris hostiles dirigés contre moi se font entendre.

Dans le train, le ministre de l'Intérieur s'est inquiété de savoir si j'allais mentionner dans mon discours la grande manifestation prévue bientôt. C'est horrible de l'avouer, mais le drame de cette députée nous aide, dans le sens où il facilite la riposte à donner à d'éventuelles agressions lors de la prochaine manifestation.

Je n'ai pas mis les pieds dans une église depuis des lustres, comme beaucoup des participants à cet office funèbre. J'aime ces lieux qui incarnent une forme de grandeur de la spiritualité. Être protestant m'a, d'une certaine façon, aidé pour mon élection en m'évitant l'inimitié de ceux qui n'aiment pas voir le catholicisme s'épanouir au sommet d'un État laïque, laïcité que les réformés ont toujours défendue dans les moments charnières de la République. Et pour les catholiques modernes, malgré les vieilles querelles, le protestant reste avant tout un chrétien moins inquiétant qu'un laïcard athée qui s'en vante. Comme je suis cette messe qui ne m'est pas coutumière, j'en tire la conclusion que, pédophilie mise à part, l'Église catholique souffre de la médiocrité de ses prêtres, cantonnés à célébrer un dogme usé par sa faible incarnation.

En accord avec la famille, le discours a lieu devant l'église, sous le porche de laquelle je me tiens en hauteur, surplombant le cercueil recouvert d'un drapeau tricolore. Le politique a emprunté le prêche au prêtre et les intonations qui vont avec. Rassembler les brebis égarées dans une direction commune, c'est le rôle de pasteur qui m'a été assigné. Je dois en faire un grand moment de cohésion pour essayer de freiner l'éclatement du pays. Je dois immanquablement faire la promotion, l'apologie même, de la fiction qui regroupe toutes ces brebis apeurées. Lorsque la fiction est la même pour tous, elle devient réalité.

Mes gardes du corps scrutent nerveusement l'assistance, des centaines de personnes dans un froid humide. Cette nuit, pris d'insomnie, j'ai regardé la rediffusion d'un documentaire sur une peuplade d'une région d'Éthiopie où les habitants maintiennent un équilibre ancestral entre leurs besoins essentiels, la nature et la faune : je les ai trouvés beaucoup plus civilisés que ces gens qui consomment ensemble plusieurs planètes pour n'en laisser bientôt aucune aux générations suivantes.

Sur les rails du retour, tous m'observent après m'avoir félicité pour ce discours qui a galvanisé tout le monde, sauf moi. Pas un seul d'entre eux ne peut imaginer que je pourrais tout laisser tomber à l'instant, conscient que je ne suis parvenu là que par un de ces hasards que favorise une démocratie essoufflée.

33

Le lendemain, c'est un conseil de sécurité intérieure qui, de retour au palais, m'attend pour préparer la grande manifestation qui approche. Le conseil est toujours aussi restreint, par crainte des fuites. Le premier ministre est présent. Le directeur de la sécurité intérieure dresse la liste des groupuscules menaçants, dont certains membres pourraient être armés.

– Une chance de les coincer avant la date fatidique ?

Le directeur de la sécurité intérieure répond :

– Tout est très diffus, leur idée n'est apparemment pas de faire un massacre, mais quelques morts qui prendraient figure de symbole.

S'abriter derrière le collectif pour ne rien décider, c'est le principe de leurs réunions. C'est à moi que revient la conclusion, qui n'a pas changé à la lueur du drame que nous venons de vivre :

– On maintient le projet de loi, on informe les participants des violences attendues et des risques de riposte des forces de l'ordre. Je pense que cela ne nuirait pas de préparer déjà le communiqué de la préfecture de Paris désignant les coupables…

Le directeur avance :

– Vous êtes toujours certain de ne pas vouloir interdire cette manifestation ? On peut le faire, étant donné les circonstances.

Je reprends à mon compte l'objection qu'on m'a faite quelques jours plus tôt :

– Cela ne servira à rien. On aura peut-être moitié moins de manifestants, mais elle se tiendra même dans l'illégalité et, pour empêcher qu'elle ait lieu, la police sera obligée d'être ferme avec le risque qu'elle crée les premiers débordements.

Une remise de Légions d'honneur a lieu l'après-midi dans les salons de l'Élysée. Et déjà c'est la polémique. Parce qu'il y a, parmi les récipiendaires, un homme dans le collimateur d'associations défendant la cause animale. Sa Légion d'honneur est une idée du ministre de l'Agriculture, qui me l'a imposée sans véritable concertation, pensant que cette gratification était anodine. Et elle ne l'est pas, parce que l'intéressé est président d'une association des éleveurs de chevaux de course. Les écologistes qui se préoccupent du sort des animaux considèrent que les courses de chevaux relèvent de la maltraitance animale provoquée par des malfaisants qui les exploitent à des fins lucratives. En remettant la

Légion d'honneur à un tel personnage, je consacre un cycle funeste de poulains précipités dans la compétition avant de finir trois ans plus tard, l'estomac brûlé par l'avoine et les tendons meurtris, sous le couteau du boucher, c'est en tout cas ce qu'on me reproche. J'ai appris au dernier moment le contexte de cette petite cérémonie, et je ne l'apprécie guère.

Le gourou du puissant lobby des chasseurs se glisse jusqu'à moi.

– J'en profite, Monsieur le président, pour savoir si dans le dispositif législatif qui va bientôt passer à l'Assemblée en première lecture, on ne pourrait pas faire une exception pour les 4 × 4 diesel. Les chasseurs ont en effet des vieux véhicules particulièrement polluants qui leur servent à transporter les chiens.

Je ne peux pas me coucher devant eux.

– Je ne crois pas. On dit que les exceptions confirment la règle mais il y a tant d'exceptions dans ce pays qu'on comprend pourquoi il y a autant de règles. Cela dit, j'ai de la considération pour les chasseurs et nous aurons l'occasion d'en reparler.

Comment avoir de la considération pour des hommes qui pour chasser mettent autant d'argent dans des tenues de camouflage sur lesquelles ils enfilent des gilets fluorescents ? Je n'ai rien contre la chasse en soi, mais l'esprit qui prévaut lors de ces battues assassines où il n'est de plaisir que de tuer ne m'emballe vraiment pas. Évidemment, de tout cela je ne dis rien et après avoir serré quelques mains, accordé quelques selfies avec des invités, je retourne, soulagé, à mon bureau.

Je prends plaisir à l'adrénaline du pouvoir, comme le coureur de fond aux endorphines. Je suis sur un ring et je ressens la magie de rester debout malgré les coups qui pleuvent. Cette sensation de défier le pire et ses certitudes est assez grisante, comme l'est de ne plus savoir si la satisfaction de l'exercice ne vient pas plus de la multiplication des problèmes que de leur résolution.

Plus rien ne m'étonne, ne me choque à ce point de convergence où l'élection m'a placé. Je suis l'acrobate d'un spectacle d'équilibriste imposé par une centralisation démente.

On ne sait pas qui a commencé, du peuple ou des apparatchiks, mais il s'est instauré une sorte de connivence et même un jeu entre les responsables et les citoyens trop heureux de pouvoir désigner un bouc émissaire à tous leurs problèmes. Il faudrait que tous ces gens reprennent à l'État ce qui relève de leurs propres responsabilités. Mais ils sont désemparés, pris par un mélange de paresse, ce gras du cœur dénoncé par Jacques Brel, et d'ignorance, cette ignorance qui, cachée derrière le déferlement d'opinions, mine la démocratie comme la mer une falaise. J'ai l'impression de gouverner un peuple de petites choses fragiles.

Quand j'ai laissé partir le premier ministre et le

ministre de l'Intérieur, j'ai demandé au directeur de la sécurité intérieure de rester un moment. Je préfère les tête-à-tête aux grandes réunions. Sans préliminaires, je lui demande de me dire quelle est selon lui l'influence des Russes dans ce que j'appelle la constellation des mécontentements, les anti-loi verte en particulier.

– Nous avons travaillé sur les liens entre certains leaders du mouvement et les Russes. Deux des quatre principaux meneurs ont des liens directs ou indirects avec eux.

– Exemple ?

– L'un d'eux est gardien du stade d'une grande ville. Pour le niveau où il est, on peut dire qu'il est très bien payé. Il cumule son salaire de fonctionnaire municipal avec une prime importante qui lui est attribuée par le club de foot, qui appartient à un oligarque russe proche de Poutine.

– Parlez-moi précisément de l'influence russe en France.

– La Russie, contrairement aux États-Unis, ne pratique pas le soft power, c'est-à-dire un modèle culturel attrayant. Ce qui est attirant pour certains Français, c'est que la Russie vénère la « loi du plus fort » et la loi du talion, qu'elle ne fait pas de cadeaux aux islamistes et qu'elle serait comme le dernier bastion de la chrétienté contre les musulmans. Du côté russe, tout ce qui peut affaiblir la France, vue comme le maillon faible, c'est un pas vers la désagrégation de l'Europe. Mais comme je le disais, leur soft power n'est pas attrayant, il reste ce qu'ils savent faire le mieux : la corruption et la manipulation, qui est une de leurs spécialités sur internet.

– Corruption ?

– On a quelques parlementaires et quelques personnalités gravitant dans les sphères influentes qui émargent à Moscou. C'est ce dont parlait un patron du renseignement français, il y a quelques années, en considérant que la menace terroriste islamiste était peu de chose comparée à la pénétration des systèmes politiques par les mafias. La grande nouveauté avec le régime de Poutine, c'est que la mafia a en main plusieurs milliers de têtes nucléaires. Il a reconstitué autour de lui une société clanique primitive avec ses codes et sa hiérarchie. On peut considérer qu'il a procédé comme Hitler en recouvrant le pillage des richesses d'une idéologie de la reconquête des territoires perdus.

« Quand les riches maigrissent, les pauvres meurent. » C'est la menace qu'on peut lire dans les yeux de mes interlocuteurs. Eux, d'habitude concurrents, sont ligués pour nous faire passer un message de grande inquiétude du secteur de la distribution sur les conséquences de mon projet de loi, qui commence à faire l'unanimité, mais contre lui. Parce que, pour fonctionner, la loi implique que le consommateur dispose sur chaque produit d'un code-barres qui détaille les caractéristiques environnementales de celui-ci. Tous les patrons que j'ai convoqués à cette réunion sont des gens très fortunés et ma fonction ne les impressionne pas. L'un d'eux a pris la parole pour énumérer les habituelles menaces sur la vie chère et sur l'emploi.

– Vous allez bouleverser le mode de consommation des Français, Monsieur le président.

– Vous aurez remarqué que c'est justement l'idée, faire en quelques mois ce que nous n'avons pas fait au cours des vingt dernières années. Vous les industriels, vous avez abusé de votre pouvoir sur la demande des consommateurs. Sans votre résistance et vos efforts pour cacher la tragédie qui se profilait, en achetant par exemple des brevets sur les énergies renouvelables pour les enterrer, la transition énergétique aurait commencé vingt ans plus tôt. Votre obsession du profit au détriment du bien public qu'est l'environnement n'est que le moteur du consumérisme que vous avez développé chez les Français comme une névrose obsessionnelle. Une fois les besoins essentiels satisfaits, on continue à consommer, par peur du vide. Et comme vous le savez, la nature a horreur du vide, parce que c'est elle qui paye les pots cassés de notre incontinence. Je suis là pour imprimer les grandes tendances, et la grande tendance du futur, c'est de passer de l'incontinence à la sobriété, à la retenue.

– Mais, Monsieur le président…

– Laissez-moi finir une phrase, bon sang ! Si on pense qu'on ne peut pas se passer de la croissance et du gaspillage qui va avec, alors toutes ces discussions avec vous sont inutiles. Dans les faits, on doit rebattre les cartes et c'est ce que je fais en attachant à chaque individu, consommateur mais aussi citoyen, sa part de prédation de son environnement. Mais évidemment le gouvernement est là pour vous aider à cette transition. Et puis, ne vous inquiétez pas, toute la réforme sera pilotée par un algorithme encore plus intelligent que tous les énarques et les polytechniciens qui m'entourent !

34

Estelle Leblanc est une de ces créatures auxquelles il faudrait confier le pouvoir dans l'idée du grand remplacement des hommes en bout de course qui se profile. Mais attention, sans reprendre les défauts de la gent masculine – le risque de ressembler à ceux qu'on veut remplacer étant réel. Si je devais changer mon premier ministre, qui m'a été imposé par la situation politique, je choisirais sans hésiter Estelle. Mais je ne lui en ai évidemment pas parlé par loyauté pour mon actuel bras droit, qui n'a pas démérité. Elle est peut-être la seule de ce gouvernement avec qui je puisse parler sans détour et sans crainte que nos propos finissent par inonder la toile. C'est une femme qui en impose au premier contact avec cette douceur et cette fermeté dont les hommes sont incapables.

La ministre de la Santé, sans passer par mon conseiller santé pour la simple raison qu'il est démissionnaire et que je ne l'ai pas encore remplacé, s'est donc faufilée dans mon agenda. On se connaît depuis bien avant que je devienne président. Mon activité précédente étant dans le domaine de la santé et du vieillissement, j'avais eu l'occasion d'échanger avec elle. Elle était alors directrice adjointe de la Santé. Il en est resté une forme de complicité entre nous. Je sais par ailleurs qu'elle n'est pas suspecte, comme de nombreux hauts fonctionnaires de son rang, de connivence avec les grands laboratoires du secteur, qu'ils favorisent parfois à l'excès.

Elle commence fort :

– Je vous trouve fatigué.

– Oui, je suis un peu crevé, plus qu'à l'époque où nous discutions du coût social du rajeunissement que promettaient les découvertes de ma société.

– Vous savez que la phase d'essai sur les animaux est complètement terminée et concluante. Ils démarrent la phase d'expérimentation sur l'homme. Vous avez ouvert des perspectives incroyables.

– Moins que mon associé, dis-je en la trouvant plus sympathique que jamais, c'est lui, le génie du génome ! Moi, j'étais le comptable du génie mais la gloire m'est retombée dessus autant que sur lui, ce qui est injuste.

– Vous vous revoyez ?

– Nous n'en avons pas eu beaucoup le temps jusqu'ici mais notre amitié est intacte. En faisant entrer les big data dans le tour de table, le projet a bénéficié de moyens considérables.

– C'est à ce sujet que je me suis permis de solliciter une audience, Monsieur le président.

– Vous avez bien fait. Quel est le problème ? Je ne m'avance pas beaucoup en parlant de problème parce que je n'ai pas le souvenir que quelqu'un soit entré dans ce bureau pour me parler de la nidification de la mésange à longue queue dans les jardins du palais.

Elle sourit puis ouvre un dossier devant elle.

– Je sais vos relations avec le numérique…

– Relations contradictoires, je veux le préciser, Madame la ministre, je n'aime pas tellement ce monde, mais je suis obligé d'en tenir compte.

– Je le sais bien, ce qui rend le problème d'autant plus épineux. Un rapport scientifique récent montre que l'addiction des enfants aux écrans est, entre autres, un facteur de dégénérescence de leurs aptitudes visuelles. En clair, nous fabriquons des myopes, dont certains vont tranquillement devenir aveugles. C'est un problème sanitaire majeur qui s'ajoute à l'obésité des enfants qui passent leur temps à manger devant un écran sans faire de sport. Et qui dit obésité dit souvent diabète… et on sait à quel point le diabète rend fragile devant certains virus. S'y ajoutent des problèmes neurologiques, on remarque beaucoup de cas de dyspraxie chez les enfants qui abusent des écrans, et évidemment, parce que l'industrie fait tout pour, on constate des phénomènes d'addiction semblable aux drogues. Voilà pour le tableau.

– Que proposez-vous concrètement ?

– Il va falloir limiter le temps d'écran quotidien des

enfants, ce qui va indisposer les big data, qui vont se retourner contre vous. Et bien entendu, on va mécontenter tous les parents trop heureux de pouvoir installer leurs enfants devant des écrans pour respirer un peu !

– Tout ça est compliqué. Mais qu'est-ce qui ne l'est pas ? Eh bien, nous voilà avec une mine de plus dans notre jardin…

Je réfléchis en me tenant la tête entre les mains, puis je reprends après un long soupir :

– Vous savez ce qu'on va faire ? Nous, rien ! On va refiler le bébé à Bruxelles et on va les laisser procéder. Nous soutiendrons la Commission activement, mais le plus discrètement possible. « Partout où je me tourne, je ne vois que des ennemis et je n'ai de choix qu'entre eux. » Vous savez évidemment de qui c'est, Madame la ministre ?

35

En politique, la forme est importante comme l'est l'emballage, même mensonger, d'un produit. Chez moi, c'est ma vie privée, enfin le léger décalage entre ce que j'affiche et ce qu'elle est vraiment. En ce moment, ce décalage a un prénom : Marion.

Je lui ai donné rendez-vous une nouvelle fois chez moi et non au palais de l'Élysée. Nous y avions fait l'amour comme si c'était la dernière fois, ce qui ne nous empêche pas de commencer par cela et de nous y atteler comme si c'était la première fois. Un léger fond de culpabilité en moins depuis que je sais que je ne dois plus fidélité à Vanessa. Nous avons bien fait de commencer par cette intimité qui nous donne connivence et hauteur. Les deux ne sont pas de trop pour gérer une situation de plus en plus difficile.

– Adèle est sous la pression du magistrat instructeur, m'explique la reine de la communication de crise à Paris. Il veut savoir quel fonctionnaire des douanes la fournissait. Mais elle ne lâche rien, du coup il s'intéresse de plus en plus aux bénéficiaires de la marchandise et, compte tenu de la taille de la pochette qu'elle transportait quand elle a été arrêtée, le juge ne veut pas croire que cela représentait uniquement sa consommation personnelle. Ce qui la ferait basculer dans un délit beaucoup plus grave de trafic de stupéfiants. Le magistrat essaye aussi de l'isoler en la mettant sur écoute et en la faisant surveiller, ce qui rend impossible de l'approcher.

– Cela doit être terrifiant pour elle.

– Ils veulent la faire craquer, c'est évident.

– C'est quoi, le risque ?

– Qu'elle me dénonce, même si je n'y crois pas.

– Et je serais obligé de me débarrasser de ma conseillère en plus ! Ce serait très douloureux pour moi.

Elle est tentée de me prendre la main mais elle ne le fait pas, comme si ce geste de tendresse l'engageait plus à mon égard que de faire l'amour. Elle reprend :

– Bon, le sujet du jour…

– Tu as raison.

– Donc, Vanessa te quitte et rompt tout engagement vis-à-vis de cette enfant portée par une autre mère.

– C'est ça, et j'essaye de la comprendre sans la juger. Cette enfant était liée à notre mariage. Dès le moment où nous nous séparons, son lien à l'enfant devient complètement factice. Je crois par ailleurs qu'elle n'a plus l'intention d'en élever. C'est ce genre de projet qu'un couple fomente pour se sauver sans l'admettre. Un peu comme ces gens qui pour redonner de l'élan à leur liaison font un dernier enfant, qui ne suffit pas à les réconcilier. C'est ce qui s'est passé pour mes parents, et ça a été un ratage complet qui a débouché sur mon existence.

– Ta position à toi ?

– Moi c'est très clair. Je suis son père biologique, d'ailleurs si je ne l'étais pas, ça ne changerait rien, je suis heureux de cette descendance. J'ai l'intention de faire en sorte qu'elle n'en arrive pas à me détester comme je déteste mon père. Qui, entre parenthèses, a décidé lui aussi de me créer un problème.

– Comment ça ?

– Il est sur le point de mourir. Il était condamné depuis deux ans mais cette fois-ci c'est une question d'heures, selon ma sœur. Et tu vas rire, elle m'a envoyé un texto pour me le dire et pour m'informer que mon père ne veut pas que je vienne à son enterrement. Le président ne va pas être autorisé à assister aux funérailles de son propre père !

– Sympa, le vieux. Une dernière petite bombe à retardement avant de tirer sa révérence. Il a bien calculé son coup.

– Il va falloir gérer ça aussi.

– Bon, alors commençons par ça, on verra pour ta nouvelle vie de famille après, si tu veux bien. Si tu vas aux obsèques, de là où il sera, ton père ne pourra pas grand-chose…

– Non, mais ma mère est capable de faire savoir qu'il ne souhaitait pas ma présence et si je m'impose, ça fera mauvais effet. Je ne souhaite pas m'expliquer sur ma relation avec eux.

– C'est vrai que si cela devient un événement, beaucoup de journalistes vont vouloir creuser…

Je reste un moment sans rien dire, le temps qu'une idée se précise.

– La seule façon de s'en sortir, c'est que ce jour-là ma fonction m'impose une obligation à laquelle je ne peux pas déroger.

– C'est une bonne idée, et à cela ajouter un tweet qui dit toute ta tristesse, et les apparences sont sauvées, surtout si dans les jours qui suivent tu vas te recueillir sur sa tombe devant une caméra ou un appareil photo.

– Il a l'intention de se faire incinérer.

– Il nous emmerdera jusqu'au bout, celui-là. Et ta mère va garder l'urne dans son lit avant de répandre les cendres sur ses plantes d'intérieur ?!

– On en reparle en fonction de la date de la crémation, ok ?

– Bon, alors, maintenant le bambin… D'abord, qui est la mère et comment vous l'avez trouvée ?

– Sur un site spécialisé qui réunit toutes les données sur chaque mère porteuse, génétique, antécédents médicaux, caractère, enfin tout ce qu'on peut entrer dans un algorithme. À cela on ajoute nos souhaits et puis on reçoit une liste de femmes. Chaque femme est notée sur ses traits de caractère et son profil génétique. En partant de cette note globale, on choisit la mère en fonction d'une extrapolation très personnelle.

– J'imagine qu'une femme qui ne fait ça que pour l'argent n'entrerait pas dans vos critères.

– On a regardé cela de près. Cette femme avait un projet et, pour le financer, elle a trouvé ce moyen, qu'elle considérait aussi comme une forme de don de soi aux autres.

– C'était quoi, le projet ?

– S'acheter une vieille ferme avec assez de terres pour bâtir une exploitation autonome. Elle ne voulait pas être dépendante d'un homme… Une bobo fauchée, quoi !

– Je dirais plutôt une vraie optimiste ! Tu es sûr qu'elle n'est pas bipolaire, ta porteuse ? Elle n'a pas d'autres enfants ?

– Non.

– Ce qui veut dire qu'elle va vraiment vouloir que tu la débarrasses de l'enfant.

– C'est clair, je ne peux pas lui demander de l'élever et de me la rendre à la fin de mon quinquennat. Et je ne peux pas non plus passer quatre ans et demi sans voir cette enfant.

Marion soupire longuement :

– Quand une histoire est longue et compliquée, on ne peut pas la raconter au grand public, genre on a voulu un môme, on a loué un utérus et à la naissance ma femme n'en voulait plus. Et voilà votre président père célibataire.

J'ajoute, malicieux :

– Avec comme maîtresse sa gourou en com.

– C'est ça… Bon, sérieux, ta femme se sépare, ça on connaît, à part Chirac que Bernadette tenait par l'élastique de son pantalon, Sarko a divorcé, Hollande aussi, sans parler de Mitterrand qui menait une véritable double vie aux frais de la République. Les Français s'en foutent. La progéniture via mère porteuse, c'est nouveau aussi, comme l'est la GPA dans la loi. Le problème, c'est toujours le même : en cas de fuite, quelqu'un va enquêter parce que l'enfant du président, c'est quand même un scoop, et du coup il va écrire sa propre histoire. Et comme tu le sais, la narration, c'est l'apanage du pouvoir. On doit donc écrire une histoire. Comment tu vas t'organiser matériellement ?

– Il était prévu qu'elle garde le bébé le temps de l'allaitement qu'elle accepte de faire, ensuite je devrai le récupérer.

– Et tu comptes prendre un congé parental ou des RTT pour t'occuper de lui ?

– Je vais aller leur rendre une visite discrète et ensuite on avisera.

– Ok, mais dis-moi… une dernière chose… tu m'épouserais si je divorçais de mon mari ?

Un silence.

– Je disais ça pour rire.

– Pour rire aujourd'hui, pour pleurer plus tard, ça ne marcherait pas entre nous et tu le sais très bien.

– Si on se met ensemble, je te pousserai à faire un deuxième mandat.

36

J'avais compris de la DGSE, qui le tenait de son antenne de Moscou, qu'une demande de rencontre avec Poutine était sur le point de me parvenir. L'ambassadeur de Russie est là en personne pour me transmettre cette requête que son président souhaite faire dans le secret le plus absolu. Craignant pour sa sécurité lors de voyages en Occident, où il n'est pas le bienvenu depuis la guerre en Ukraine qui l'a conduit à annexer finalement une partie du pays, il me demande de venir à Moscou.

– Et si on se voyait par écrans interposés, c'est ce qu'on fait la plupart du temps aujourd'hui, non ?

– Le président Poutine ne le souhaite pas, il dit que ces écrans peuvent être écoutés, les conversations enregistrées, et il n'en est pas question, il veut un tête-à-tête sans autre intermédiaire, raison pour laquelle, Monsieur le président, j'ai sollicité cet entretien sans intermédiaire ni témoin.

– Il faudrait que je vienne disons presque clandestinement…

– En tout cas discrètement.

– De quoi veut-il parler ?

– Selon mon ministre des Affaires étrangères, qui est seul au courant, moi mis à part, personne d'autre que le président Poutine ne sait sur quoi votre entretien va porter. Il vous demande aussi la plus grande discrétion avec votre entourage.

– Je ne cache rien au secrétaire général de l'Élysée.

– Cette fois, vous le devrez.

Sénéchal est dans mon bureau dans la minute qui suit le départ de l'ambassadeur Je lui livre de notre court entretien une synthèse encore plus brève.

– Je ne vois pas de quoi il veut te parler.

– J'espère que ce n'est pas pour me tendre un guet-apens. Tu te souviens de Margerie ?

Christophe de Margerie, l'ancien président de Total, sortait à Moscou d'un entretien avec le dictateur qui avait duré jusqu'à minuit, un soir où la neige tombait méthodiquement sur l'aéroport de Moscou, lieu de stationnement de son avion d'affaires. Des chasse-neige en colonne s'affairaient à dégager les pistes, lorsque l'un d'entre eux bifurqua pour s'immobiliser sur la piste d'envol où son avion s'apprêtait à décoller. En réalité, le conducteur de l'engin de déneigement était parti pisser.

C'est ce qu'on nous rapporta. La suite est facile à imaginer, dans le brouillard et la neige, l'avion s'est élancé sur la piste pour se fracasser sur le chasse-neige.

– On n'a jamais su les dessous de cette histoire, ni les propos échangés entre les deux hommes tardivement ce soir-là. Apparemment, ce n'était vraiment qu'un simple accident. Mais je dirais que Poutine est capable de tout. D'autant qu'aujourd'hui, visiblement atteint de la maladie de Parkinson et d'un cancer récurrent à la thyroïde, il n'a plus rien à perdre.

– Les observateurs occidentaux se sont trompés au départ sur cet homme qui a fait son entrée sur la scène politique russe avec l'affaire du *Koursk* en montrant sa vraie nature, me répond Sénéchal. En refusant l'aide internationale capable de sortir ses hommes du sous-marin échoué par cent mètres de fond, il a éliminé des témoins capables de livrer une version de l'accident autre que la sienne. Il s'est ensuite offusqué que les familles des marins assassinés puissent lui demander des comptes, persuadé que seule la perspective d'un dédommagement les animait.

« Si Poutine était autopsié un jour, on s'apercevrait qu'il souffre probablement d'une atrophie de l'amygdale du cerveau, celle qui joue un rôle déterminant dans le processus de l'empathie. De très sérieuses études d'une université américaine ont montré la corrélation entre la taille de cette amygdale et notre aptitude à comprendre la souffrance des autres. Chez les individus capables de faire de leur vivant le don d'un de leurs organes à une personne inconnue, l'amygdale est énorme. Chez les tueurs en série, elle est infime. Il est probable que celle de Poutine est à ce bout du spectre, ratatinée par le vieillissement qui accélère la perte d'empathie.

« En vingt ans d'exercice du pouvoir, il a montré qu'après avoir laissé mourir d'asphyxie des sous-mariniers de sa propre flotte, il a été capable de fomenter contre son peuple de faux attentats terriblement meurtriers pour asseoir son autorité, avant de se livrer à des massacres en Tchétchénie et en Syrie. Cette propension à tuer, les Occidentaux l'ont exagérée un peu, en particulier quand on l'a accusé d'utiliser des armes chimiques en Syrie. Pour moi, il est difficile de ne le décrire que comme une sorte d'impasse génétique et psychologique qui transforme l'animal doué de conscience en prédateur sanguinaire, cupide, dans la volonté d'accroître son territoire et ses richesses de mâle alpha. Est-il bien pire que certains de ses homologues américains comme Dick Cheney ou Bush Junior ? C'est une question de point de vue et de perspectives. Poutine a longtemps représenté l'avenir des structures mentales archaïques, en opposition à la civilisation qui compose habilement avec des intérêts contradictoires. Il ne sait que détruire, tout simplement, ou construire des représentations avantageuses de son pouvoir. Il est la parfaite incarnation du mensonge et de la manipulation.

« Aurait-il été différent si les Occidentaux ne l'avaient pas sous-estimé en rompant l'engagement d'assurer un corridor de sécurité autour de la Russie post-soviétique ? S'y est ajouté du mépris pour lui et son pays incapable de concevoir et de produire quoi que ce soit d'un peu sophistiqué en dehors du domaine militaire. Le PIB de l'Espagne pour des ambitions démesurées, du pétrole et du gaz plein la cave pour accélérer le réchauffement climatique, des morgues encombrées de morts prématurés où se mêlent alcooliques et malades sans soins, l'espérance de vie la plus basse de l'Europe, une démographie effondrée, tout cela pour offrir un modèle de société basé sur le vol et la confiscation du bien public par une mafia.

« Pour sa défense, on peut dire que cette spoliation a commencé avant lui, quand les oligarques et les Américains s'accordaient pour piller le sous-sol russe. Une naïveté typique de l'idéologie libérale a conduit les politiques français à s'imaginer que faire du business avec Poutine allait le rendre plus civilisé. Sans parler de ceux qui, de loin, s'imaginaient qu'il rendait sa grandeur au peuple russe après avoir mis fin au peu d'années de démocratie que le pays a connues dans son histoire, qui est justement celle de la confiscation, quand la Russie des tsars peinait à abolir le servage et que l'idée socialiste était pervertie par Staline. Absurde ! Il pense protéger son pays des démocraties mitées par leurs obsessions sociétales et la dictature de "minorités décadentes", et c'est essentiellement cet aspect profondément réactionnaire qui lui a assuré son succès chez l'extrême droite française.

Sénéchal m'a livré tout cela d'un souffle, comme s'il était pressé de (re)passer son grand oral de l'ENA. Mais cette synthèse convaincante ne me dit toujours pas pourquoi le dictateur veut me rencontrer officieusement.

Je lui en fais la remarque.

– Je pense qu'il y a moins de risques à y aller qu'à refuser de s'y rendre. Il se vexe facilement et il est capable de mesures de rétorsion souvent déconcertantes. Sur les grandes questions bilatérales, comme l'Ukraine, et ses autres obsessions, il ne nous considère plus comme son interlocuteur privilégié en Europe. Il préfère parler avec le chancelier allemand, qui s'exprime en russe avec lui. Le sujet qu'il veut aborder avec nous doit être forcément original.

Les canaux officieux fonctionnent ensuite. Sous le sceau du secret, j'informe évidemment le premier ministre de cette visite éclair. Pas un mot à la ministre des Affaires étrangères ni à mon conseiller diplomatique, on verra au retour.

Nous fixons de nous rencontrer dans cinq jours. J'arriverai à Moscou à vingt heures et j'en repartirai à minuit au plus tard, pour Berlin où un sommet franco-allemand est prévu le lendemain.

Une journée presque comme les autres.

Je n'ai pas encore eu l'occasion de dévoiler ma vision des relations internationales. Elle est simple. Je suis pour une Europe fortement militarisée, en tout cas au point d'être respectée par tout le monde, bénéficiant de sa propre force de frappe nucléaire et à la pointe de la cyberwar, cette guerre d'un autre type qui permet de paralyser non seulement le système défensif mais aussi l'économie d'un pays. Cette force serait pour moi le préalable à un non-alignement pour sortir de la tutelle des Américains en conservant l'OTAN jusqu'à ce que nous n'en ayons plus l'utilité.

On peut tout de même rêver d'un partenariat équitable avec les Américains ! Ce n'est pas le cas aujourd'hui, comme on l'a vu pendant la guerre en Ukraine, dont les États-Unis ont été les grands gagnants à tous points de vue, quand l'Europe obligée d'acheter des armes et du gaz américains dans la précipitation vivait en pleurnichant une reprise spectaculaire de l'inflation. Seul aspect positif, la prise de conscience de la nécessité d'une défense européenne endormie jusque-là par une erreur d'appréciation sur le sens de l'Histoire, qui serait celui de la paix éternelle… On s'imaginait, parce qu'on les a vus de près, que les grands conflits meurtriers, génocidaires du XXe siècle étaient derrière nous, mais la guerre menée par les Russes aux Ukrainiens a montré que la psychorigidité et la tyrannie avaient encore de beaux jours devant elles dans le contexte d'une nouvelle guerre mondiale dont la menace plane désormais sur nous.

La démocratie est une croyance aussi forte qu'une religion. Elle est aussi l'illusion de croire que l'électeur a autant de pouvoir entre les mains que les actionnaires des multinationales et leurs laquais. La démocratie, sous l'influence de ce pouvoir économique, s'est toujours arrangée pour que l'électeur n'ait pas à sa disposition un libre arbitre lui permettant d'éviter la caste des intermédiaires. Jamais le libre arbitre des électeurs n'a été à ce point entamé par la perte de culture, l'ignorance et la manipulation. Il semble avoir définitivement cédé sous la pression du cerveau archaïque et de ses addictions à la consommation et au jeu.

Cette ambiguïté de la représentation nationale qui arbitre avec plus ou moins d'honnêteté entre les intérêts des électeurs et ceux des puissants est une constante de la démocratie que j'assume, comme tous ceux qui ont été à ce poste avant moi. Mais il reste que le populisme qui prétend rendre ce pouvoir au peuple conduit à son contraire : la dictature d'un clan prétendument au service de ce peuple, pour installer comme c'est le cas en Russie un modèle alternatif à la démocratie, la cleptocratie autoritaire. Pas moins redoutable par son autoritarisme, le modèle chinois semble fondé sur un pacte de pouvoir absolu entre un parti, le parti communiste, et le peuple, pacte fondé sur le principe selon lequel ce parti peut restreindre toute forme de liberté à condition d'assurer sa prospérité. En cela, c'est un modèle autoritaire beaucoup plus durable mais qui correspond essentiellement à une nation et à son histoire. Mais contrairement au modèle russe de spoliation organisée, le modèle chinois a un avenir pérenne comme modèle alternatif face à la faiblesse des démocraties.

37

Dans la voiture qui file sur l'autoroute bien au-dessus de la vitesse autorisée, j'ai du mal à me convaincre que cette Europe au pouvoir central faible, soumise à la règle d'unanimité pour des décisions importantes, aura les qualités pour s'imposer par elle-même dans un monde de tensions accrues.

Ce voyage est une bénédiction au sens où il m'octroie la plus rare des ressources : du temps. J'aurais pu prendre l'hélicoptère mais j'y rechigne pour ne pas faire de peine à la gentille petite Greta. En fait, c'est surtout une machine qui manque de discrétion. Et puis pour être sincère, je ne me sens pas en confiance dans un hélicoptère. De fil en aiguille, j'imagine ce que provoquerait ma disparition en cas d'accident. L'extrême droite triomphante, l'Europe disloquée, le duopole États-Unis-Russie, tout est assez prévisible. Alors que défilent les paysages désolés de la Beauce où se conjuguent des éoliennes concentrées en stalag énergétique et une nature endeuillée par une agriculture de l'acharnement, je repense à mon projet de frapper fort pour réveiller les consciences endormies. Alors que je m'approche de ma destination, le sujet du jour revient au premier plan.

La femme que je vais rencontrer dans moins d'une heure ne connaît de moi que ces guerriers qui ont fécondé ses ovules (je parle évidemment de mes spermatozoïdes). Je trouve terrifiante cette intimité qui est la nôtre avant même de nous connaître. C'est le nom de ma femme qui figure dans les contrats, son nom de jeune fille qu'elle a voulu garder sans jamais y juxtaposer le mien, ce que la loi lui autorise. J'imagine la surprise de cette femme à qui on a annoncé la visite du père de l'enfant quand elle va voir surgir le président de la République sous escorte discrète, mais sous escorte quand même.

Nous quittons la route principale pour un chemin de terre carrossable mais semé d'ornières, avant d'atteindre un portail en bois dont on peut remarquer qu'il n'a pas été fermé depuis longtemps. Je décide de ne pas pénétrer plus avant avec la voiture et de marcher jusqu'à la maison qu'on distingue au loin dans un bouquet d'arbres au feuillage persistant. Gérard me propose de m'accompagner, ce que je décline aussitôt. Je prends un authentique plaisir à marcher seul le long de ce chemin qui conduit à la maison. Sur les côtés, plusieurs enclos ont été dessinés pour y regrouper dans l'un, de hautes chèvres alpines, dans l'autre, des brebis assoupies. Un parc se ferme autour d'un cheval de trait et d'un petit cheval de selle plus alerte qui, à ma vue, vient vers moi, poussé par la curiosité. Plus loin, on distingue des espaces cultivés qui viennent se fondre avec la forêt alentour. Ni antennes ni éoliennes, pas de traces visibles du progrès.

Alors que je continue à marcher vers la maison, deux grands chiens s'approchent pour faire barrage. L'un d'eux est décidé à m'empêcher d'avancer et se met à grogner en me montrant les dents. Je m'imagine, mon costume en lambeaux, recousu aux urgences de l'hôpital le plus proche, à une bonne trentaine de kilomètres de là certainement, et toute la France de se demander ce que le président faisait au milieu de nulle part ! J'en suis à élaborer une stratégie pour éviter de me faire mordre sans que mon garde du corps, alerté au loin, abatte l'animal, quand une jeune femme apparaît dans l'encadrement de la porte. Elle porte un enfant dans les bras. Elle rappelle ses chiens sans hurler. Je me remets en route dans sa direction et, au fur et à mesure que j'avance, la stupéfaction se lit sur son visage, puis l'incrédulité. Je n'ose pas parler.

Elle est plus belle que sur les photos et elle porte dans ses bras ma fille, enfin notre fille, la sienne et la mienne. L'échancrure de son chemisier indique qu'elle l'allaitait quand je suis arrivé. Elle attend que je parle pour se convaincre que la situation est réelle. Et moi, je ne trouve pas les mots. Je ne saurais dire combien de temps a duré ce silence pendant lequel elle me dévisageait. Il faut mettre fin à ce flottement :

– Essayez d'oublier le président. Surtout si vous n'avez pas voté pour moi ou que vous me haïssez particulièrement. L'identité qui vous a été fournie était celle de ma femme, qui n'a pas souhaité mener le projet jusqu'à son terme.

Elle recule pour rentrer dans la maison en me priant de la suivre d'un signe de la tête, qu'elle porte très haut sur un long cou élégant.

Elle m'invite à m'asseoir en me désignant une chaise qu'elle recule maladroitement, mais je m'approche d'elle pour voir de plus près notre progéniture, une petite fille minuscule chez qui je cherche forcément une ressemblance avec moi. Elle en sourit.

– Vous trouvez qu'elle vous ressemble ?

– C'est peut-être un peu tôt pour le savoir et je ne suis pas le mieux placé pour le dire.

Elle est encore sous le choc et s'en remet doucement.

– Je n'imaginais pas...

– Je n'imaginais pas non plus que j'allais devenir président, je suis désolé pour la surprise.

– Vous m'auriez demandé de venir à l'Élysée, j'aurais eu le temps de me préparer...

– Vous seriez venue ?

Elle répond sans hésitation :

– Certainement pas.

– Pourquoi ?

– Rien à voir avec vous, je ne bouge pas, c'est tout. De toute façon je ne peux pas m'absenter, j'ai mes bêtes à nourrir.

– Je comprends.

Elle se lève subitement et sans prévenir me met l'enfant dans les bras pour aller me préparer un café. La petite est à peine dans mes bras qu'elle régurgite sur moi une partie du lait qu'elle vient de boire. La mère me donne un torchon pour essuyer mon costume avant de poser les deux cafés devant nous l'un en face de l'autre. Mais elle voit à quel point je suis empêtré avec l'enfant, alors elle me le reprend en souriant. L'effet de surprise est complètement passé maintenant.

– Vous voulez dire que votre femme ne veut plus l'enfant, c'est ça ?

Je précède ma réponse d'un sourire un peu affecté.

– Elle ne veut plus de moi. Et comme je suis le seul à avoir un lien avec la petite, elle n'en veut plus non plus. C'est assez logique mais évidemment cela complique la situation.

Elle réfléchit un moment.

– Comment allez-vous faire avec vos responsabilités pour vous en occuper ?

– C'est bien le problème et, entre autres, un des objets de ma visite.

– Il n'était pas prévu que je sois la mère de cet enfant…

Je l'interromps :

– Pourquoi ?

– Parce que le contrat…

– Oui, je sais, mais en dehors du contrat… pourquoi… comment dire, pourquoi avoir joué ce rôle ?

– Parce que j'avais besoin de cet argent pour m'installer ici et changer de vie. Ensuite, je ne désirais pas d'enfant seule et je n'avais pas trouvé la bonne personne, faute de l'avoir cherchée…

Je prends un sucre, que je lâche dans mon café. Elle poursuit :

– Et puis je ne pense pas que ce soit le bon moment pour faire des enfants.

– On a souvent pensé ça au cours de notre histoire.

– Oui, mais cette fois c'est sérieux, et c'est pas en se multipliant qu'on va arranger la situation… D'ailleurs, puisque vous êtes là, j'en profite pour vous le dire, vous ne devriez pas encourager la natalité et tous ces gens inconséquents qui se reproduisent sans savoir pourquoi. Et puis je trouve que la psychologie d'un enfant est trop vulnérable pour être mise entre les mains de n'importe qui, parce que c'est ce qui se passe, au nom d'un droit fondamental et inaliénable, n'importe qui peut faire un enfant comme n'importe qui peut acheter un chien. Mais vous, la surpopulation ne vous fait pas peur, vous vous demandez qui va faire tourner les entreprises, qui va payer les retraites de gens qui vont vivre de plus en plus vieux, et pour ça j'ai compris que vous avez votre part de responsabilité.

Elle sourit comme si elle avait peur de m'avoir offensé.

– Pardon, revenons-en... Qu'est-ce que vous attendez de moi ?

– De m'aider, même si vous n'avez pas forcément de raison de le faire. Vous ne concevez pas de devenir sa mère pour de bon ?

– Je m'en empêchais mais maintenant, je ne vous le cache pas, je suis soulagée. Vous m'ôtez un poids. Quand j'ai accepté d'être mère porteuse sans jamais avoir eu d'enfant, tout ça restait très théorique, mais maintenant elle est là et j'ai créé un lien fort avec elle. J'aurais beaucoup de mal à m'en séparer. Je pensais même à emprunter de l'argent pour vous dédommager et la garder pour moi.

Je regarde ma montre, le temps passe et je dois être à Paris dans moins de deux heures.

– Je vous propose de la garder et de mon côté j'assumerai mon rôle de père. Je vais vous verser une pension et, si vous m'y autorisez, je viendrai chaque fois que j'en aurai la possibilité, pas chez vous, je vous rassure, mais dans le coin, et mon mandat fini nous réfléchirons ensemble à notre organisation. Mais dans l'intervalle, je vous demande la plus grande discrétion. Je sais ce que c'est, on en parle avec ses amis en leur faisant promettre de ne rien dire mais ils en parlent quand même en faisant toujours promettre de ne rien dire et tranquillement la nouvelle que le président a un enfant avec une autre femme que la sienne circule sur tous les réseaux sociaux. Je sais que c'est un secret très lourd à porter, découvrir un petit matin ensoleillé qu'on a eu une fille avec le président de la République, qui plus est sans coucher avec lui, pour beaucoup de gens, c'est un autre monde, mais je vous en conjure, n'en parlez à personne dans votre intérêt, le mien mais surtout le sien. Sinon vous vivrez entourée de paparazzi qui viendront violer votre intimité, et cette vie de retrait que vous avez désirée deviendra une vie effrayante, croyez-moi. Je dois y aller maintenant.

Je me lève pour embrasser ma fille avant de partir. Son odeur de lait se mélange au parfum de sa mère. Je vis une expérience sensorielle nouvelle.

– Je ne vous laisserai pas tomber, faites-moi confiance, je vais essayer de louer discrètement quelque chose dans le coin pour y venir chaque fois que j'en aurai l'opportunité.

Avant de les quitter, je ne peux pas m'empêcher de faire le malin :

– Dites-moi, vous n'avez pas voté pour moi, n'est-ce pas ?

Elle me regarde avec un mélange de tendresse et de pitié.

– Non. Ni pour personne d'autre.

– Pourquoi ?

– Parce que je ne compte pas sur l'État ni sur la société pour décider de ma vie. Mais nous en reparlerons peut-être ?

– Certainement.

38

Ni mon chauffeur ni mon garde du corps ne savent ce que je suis venu faire là et je sens chez eux la frustration de leur curiosité inassouvie. Aucun des deux n'ose la moindre question sur cette échappée champêtre. La raison voudrait que mon esprit passe à autre chose, mais ce n'est pas le cas. Un employé d'Amazon aurait livré l'enfant chez moi en sonnant à la porte, je n'aurais pas été moins préparé à cette responsabilité !

Je ne pensais pas qu'une enfant pourrait me toucher à ce point, or je le suis profondément. Je réalise que j'ai traversé la vie jusqu'ici dans une distance constante avec mon entourage et que j'ai subitement l'opportunité d'un lien qui d'une certaine façon me propose une alternative à ma solitude. Cette constatation me trouble, comme l'attirance que je ressens pour la mère. Je pressens qu'une sorte de chronologie inversée a commencé, comme si, après avoir eu un enfant avec elle, nous devions faire l'amour ensemble, puis nous donner un premier baiser. La perspective de me consacrer à cette enfant, et pourquoi pas à sa mère si elle le souhaitait, m'enchante un peu comme un roman de gare vous attrape par sa simplicité naïve. Alors que les paysages défilent, je cultive le souvenir de cet endroit unique, morceau d'une France du *c'était mieux avant*. Peut-être, mais pas sûr.

Rien n'est plus confortable que le marché : il permet de s'éviter de réfléchir à l'organisation humaine parce qu'il s'impose comme une loi présentée comme « naturelle ». Mais sa force est telle que même moi, dans la position où je suis, je n'ai pas vraiment le sentiment d'avoir le choix. J'en suis là de ma réflexion quand mon téléphone vibre pour me signaler un texto de mon ancien associé, qui m'annonce sans détour, comme le veut son caractère, que Vanessa et lui se sont mis en couple. Je suis surpris, c'est un euphémisme. Bien sûr, ils espèrent continuer à entretenir des relations amicales avec moi. Je n'ai pas le temps de m'offusquer de son silence qu'Hugo appelle pour de bon :

– Je suis désolé, je pensais que je n'avais aucune chance de t'avoir en direct, alors je t'ai laissé un message.

– C'était donc toi ?

– Comment ?

– Vanessa m'a dit qu'elle avait un amant et j'ai oublié de lui demander qui c'était.

– Maintenant tu le sais.

– On a partagé tellement de choses que je ne suis pas étonné qu'on se succède auprès de la même femme… Vous allez essayer de faire un enfant ?

– Non, il n'en est pas question, il faudrait que je sois le donneur et il y aurait un risque.

– Quel risque ?

– Tu sais bien. Dans ma famille, on est soit remarquablement intelligent soit débile, comme si la nature voulait souligner la proximité entre les deux et nous refuser un état intermédiaire.

– Par ailleurs, comment avancent les recherches ?

– Dans six mois, on sera complètement opérationnels et le rajeunissement sera une réalité incontestable. Tu l'as peut-être vu de loin mais la valeur des actions de la société a doublé après les premiers essais cliniques sur des êtres humains.

– C'est formidable qu'on aboutisse, sinon mon nom sur les réseaux sociaux aurait été honni à jamais ! C'est un grand progrès pour l'humanité, et un gros problème pour les gens comme moi qui vont devoir faire face à une augmentation de la population et à ses conséquences désastreuses sur les grands équilibres économiques.

On raccroche en se promettant de dîner en tête à tête au château dans mes appartements privés, ce que nous n'avons pas eu le temps de faire jusqu'alors. Vanessa ne m'a pas complètement quitté en le choisissant. Elle a juste quitté ce que lui et moi n'avions pas en commun et qui n'était certainement pas le meilleur de moi-même.

J'ai à peine le temps d'accrocher ma veste à mon siège et de demander un café serré à mon assistante que le ministre de l'Intérieur s'insinue dans mon bureau, assez pâle pour que je le remarque, même s'il n'a naturellement pas bonne mine.

– Quoi de neuf sur le front de la manif ?

– Apparemment, l'annonce de possibles tirs ne ferait pas reculer les gens, bien au contraire, tous ceux qui veulent en découdre avec nous se réjouissent. D'après mes informations, les syndicats de police vous en veulent beaucoup de maintenir le rassemblement. En fait ils craignent un véritable carnage…

– Ils savent bien que si je l'interdis, il y aura moins de monde, mais des gens encore plus décidés.

– Ils pensent que cela aurait permis en les concentrant de mieux identifier les vrais belligérants.

– Qu'est-ce qu'on peut faire de plus, pour l'instant ?

– Pas grand-chose.

Alors qu'il me voit sur le point de le congédier, il fait une grimace qui annonce qu'on n'en a pas fini, tous les deux.

– Oui ?

– Le renseignement intérieur m'a informé qu'un journal d'investigation enquête sur des fonds que vous détiendriez offshore suite à la vente des actions de votre société, prétexte à ne pas payer d'impôts sur les plus-values.

– Vous faites écouter la presse ?

– Non, pas du tout ! C'est un hasard. En réalité, nous suivons de très près un homme d'affaires russe à Paris impliqué dans différents dossiers. À cette occasion, on s'est rendu compte qu'il était en relation avec ce journal. Il leur a révélé l'affaire mais il attend pour leur donner les preuves.

– Il attend quoi ?

– On ne sait pas.

39

La contrariété est insupportable lorsqu'on ne peut s'en prendre qu'à soi-même. Voilà comment une réaction d'orgueil inconséquente se transforme en possible désastre politique. Cocaïne, comptes offshore, on se croirait dans une bande dessinée complotiste. Je m'en veux d'autant plus que cette évasion, je l'ai faite sans grande conviction, pour le principe, parce que ma femme ne méritait pas de partager tout ce que j'avais gagné seul. Du coup, j'ai laissé une partie de l'argent sur ces comptes exotiques, ce qui, sur le plan de l'image, n'est évidemment pas optimum pour quelqu'un qui devient ensuite président ! J'aurais pu me contenter d'isoler cet argent, mais mon conseil, le cabinet McLean, qui a procédé à toute la transaction, a considéré que les déclarer au fisc français revenait à attirer l'attention de ma femme sur ces sommes détournées de la communauté. Vu de Bourges ou de Combs-la-Ville, cette histoire n'est rien d'autre que de la vulgaire fraude fiscale, même si ce n'était pas l'intention initiale, mais la mécanique de la dissimulation m'y a finalement mené.

Ma façon de procéder est d'abord d'envisager le pire, c'est-à-dire que l'affaire sorte dans un journal qui fait autorité, preuves en main. Je n'aurais plus qu'à démissionner, et cette maladresse serait terrible pour le pays.

J'ai besoin de faire de l'exercice. Je traverse donc la salle de réunion qui me sépare du bureau de mon âme damnée.

– Effectivement, grommelle Sénéchal, difficile de ne pas faire le lien avec la demande de Poutine de te voir. Raison de plus pour ne pas tarder.

J'ai expliqué rapidement l'affaire au secrétaire général de l'Élysée et je peux lire sur son visage qu'il la prend au sérieux.

– Ça me rappelle la rumeur selon laquelle Poutine tenait Trump à cause de photos prises dans un hôtel à Prague, je crois, sur lesquelles on voyait le magnat de l'immobilier se faire pisser dessus par des prostituées. Ça s'appelle une golden shower, une douche d'or liquide. Enfin, chacun ses fantasmes, mais ça aurait pu choquer la ménagère américaine. Mais toi, c'est grave. En France, l'impôt est plus sacré que le sexe ! Avec ça, Poutine va nous tenir jusqu'à la fin de ton mandat. Nous le saurons bien assez vite. On pourrait toujours aller voir le directeur du journal, que je connais bien, et lui chanter la chanson du péril démocratique, mais il y a tellement d'argent à se faire sur un dossier pareil pour un journal comme le sien… Les ventes peuvent être multipliées par trois, c'est énorme pour la presse écrite. De toute évidence, s'il refusait, le Russe irait voir d'autres médias. Nous voilà apparemment échec et mat.

Comme d'habitude, aucun reproche, aucune considération morale, Sénéchal pèse les forces en présence, et les nôtres sont bien légères.

Je laisse mon bras droit dans son bureau, préoccupé, avec l'intention d'y revenir dès qu'il aura une idée. Cette fois, je ne me donne pas beaucoup de chances de m'en sortir, l'étau se referme inexorablement sur moi. Et tout cela pour quoi ? Une mesquinerie, rien d'autre. Quand on se marie, il est rare qu'on s'imagine faire fortune, raison pour laquelle j'ai opté pour la communauté de biens, un dispositif qui implique que toute la richesse acquise pendant la durée du couple appartient aux deux, sans considération de qui a fait quoi. Cette communauté acceptée lors de l'union est un gage d'amour, de confiance et d'optimisme. Il était donc normal que je partage ensuite la fortune considérable que j'ai réalisée tout au long de cette partie de mon existence passée avec elle.

Je l'aurais fait sans discuter si je n'avais pas senti ce soupçon de condescendance que Vanessa entretenait à mon égard. Elle ne m'a jamais considéré à la hauteur de ce que j'ai réalisé. En me quittant pour mon associé, c'est une façon supplémentaire pour elle de me montrer que ma réussite tenait plus à lui qu'à mes qualités intrinsèques. Je l'ai punie de ce mépris dont je souffrais depuis longtemps d'une façon puérile en la privant d'une partie de la plus-value qui lui revenait. Et le problème, on l'aura compris, c'est que cet argent, je l'ai soustrait aussi au fisc français pour la part qui lui revenait. Me voilà attaché au peloton d'exécution dans la cour d'honneur de Bercy, dans l'attente que la providence me sauve, espoir parfaitement absurde…

À ce stade, ma médiocrité peut me conduire à la démission avec ensuite le risque de poursuites pénales, bref, la déchéance totale. Ou alors, pire encore, pour éviter tout cela, je me transforme en pantin de Poutine…

Le pire n'est jamais certain. J'essaye de m'en tenir là en attendant de savoir ce que veut le nouveau tsar bleu.

40

Ce genre de mâle alpha sent très vite s'il a affaire à un autre mâle dominant ou à un mâle dominé. J'ai trois heures d'avion pour me convaincre que je suis du bon côté de la table. Mon credo est en réalité très limité et tient en quelques mots : défenseur de la démocratie. Je suis comme le colibri, je fais ma part, même si mes imprudences peuvent précipiter le pays vers ses penchants les plus sombres.

La dictature ajoute de la morbidité aux bâtiments conçus pour exalter la fonction sacrée du pouvoir. Le Kremlin n'échappe pas à cette règle. Poutine l'a transformé en Saint-Sépulcre d'une orthodoxie aussi bien religieuse que tyrannique. J'en connaissais l'extérieur à l'occasion de mes voyages à Moscou bien avant d'être président.

Il me fait patienter, je n'en attendais pas moins de sa part, histoire de m'indiquer fermement qu'il est le maître des horloges, comme Staline l'était bien avant lui. Ce pays qui nous a pourtant donné Tchekov n'a connu qu'un seul régime, celui des tsars, blancs puis rouges puis bleus. Ce qui les unit, c'est un mépris constant pour la vie humaine et pour le peuple. Aucun pays n'est aussi conservateur des mécanismes de sa propre humiliation. Aucune autre nation n'est capable de discerner de la grandeur dans un tel avilissement. Le seul qui revienne et qui reparte, c'est Dieu, présent aujourd'hui pour servir de couverture, déchu hier comme opium du peuple. Poutine en fait des tonnes avec son émissaire, un illuminé à la longue barbe, chef de l'Église orthodoxe. Tout ça s'accorde parfaitement avec son projet politique diamétralement opposé au message du Christ. Mais qu'importe, les textes sont faits pour être tordus jusqu'à ce qu'ils prennent la forme de ceux qui ne les ont pas lus mais qui s'en servent pour contenir ceux qu'ils oppriment.

On approche de la demi-heure de retard dans cette salle d'attente aux plafonds élevés où trône un portrait du maître des lieux entre des dorures regrettables. La vue n'est rien sans l'odeur et celle-ci est celle de la peur entretenue d'une pièce à l'autre, d'un étage à l'autre, d'un bâtiment à l'autre. Elle traîne ses relents mélangés à une atmosphère lourde et humide. Ce lieu sinistre n'offre que des perspectives inquiétantes.

Quand je commence à m'impatienter, il ne vient pas me chercher, on me conduit à lui. Il m'attend dans une pièce immense où il est assis au bout d'une très longue table, masqué. Il me désigne un siège de l'autre côté, qui est aussitôt tiré par un sbire, pendant que Poutine, qui ne s'est toujours pas levé, ôte son masque. À distance de lui se trouve une femme qui n'ose ni le regarder, ni me regarder. Son visage refait et tiré lui donne une allure de sphinx. Elle est pâle comme le marbre de la table et ses yeux bleus sont éteints. Je comprends que c'est la traductrice. Elle s'harmonise bien avec le visage gonflé de mon interlocuteur, sur lequel le vieillissement semble s'être abattu comme la foudre sur un arbre.

Poutine se met à parler un bon moment en ignorant la traductrice. Il m'observe pendant qu'elle déroule son propos avec beaucoup de précision malgré son accent qui roucoule excessivement :

– Désolé pour le retard, je reviens de Mourmansk où on m'a présenté la dernière génération d'une torpille nucléaire. En explosant près des côtes françaises, elle provoquerait un tsunami qui engloutirait plus de la moitié de votre pays.

Il a un sourire contrarié par les injections de botox qui paralysent ses joues. Puis il reprend :

– Je suis content de vous accueillir ici. Je ne vous accueille pas en ami car nos pays ne le sont pas et il faut remercier la lâcheté occidentale que nous ne soyons pas devenus directement belligérants pendant la crise ukrainienne. Mais vous n'étiez pas encore là lorsque tout a débuté et je n'ai pas remarqué de votre part d'efforts ni d'initiatives en matière internationale. J'ai cru comprendre que les Américains avaient d'une façon ou d'une autre aidé à votre élection mais vous devez vous rendre compte que l'avenir de l'Europe est plus ici que chez vous.

Il s'arrête là. Je me contente de peu pour ma réponse :

– Je suis heureux de vous rencontrer et j'ai bon espoir de contribuer à l'amélioration globale de nos relations.

– Justement. Vous devez vous demander pourquoi je vous ai fait venir de façon aussi discrète. Vous l'avez compris, parce que, contrairement à vos alliés américains, je ne pratique pas l'hypocrisie comme un art, je n'ai pas souhaité votre élection. Mais maintenant que vous êtes là, il y a deux solutions, soit on se met d'accord pour que vous restiez, soit vous partez.

Le mérite de son propos est d'être clair.

– Je ne crois pas que la Russie puisse se substituer à la volonté du peuple français.

– C'est beau, la démocratie, enchaîne-t-il en forçant sa voix. La façade en tout cas, dommage qu'elle occulte un bâtiment désaffecté. Votre démocratie, c'est le règne de toutes les minorités décadentes qui représentent cinq pour cent des gens et quatre-vingts pour cent du temps des médias ! L'Occident est une civilisation qui s'effondre, l'Amérique finira dans la guerre civile entre les Noirs, les Blancs et les Latinos, entre les drogués et les sobres, entre les gros et les maigres, et l'Europe suivra parce que vous n'avez ni politique, ni morale ! Vous êtes à la remorque des Américains, qui ont fait la plus belle opération financière de la décennie pendant le conflit en Ukraine. Ils ont gagné des fortunes avec le pétrole, le gaz, le blé et l'armement, sur lequel vous vous êtes précipités par peur d'une vraie guerre. Et moi, je suis toujours là malgré leur mépris qui ne date pas d'hier. Ce sont des maîtres dans l'art de faire croire que le bien est de leur côté. Moi, je ne revendique pas le bien, mais le mal partagé. Bon, venons-en aux faits. Vous devez déjà être au courant, si vos services font leur travail, que j'ai de quoi vous faire sauter et peut-être vous conduire en prison…

Je reste de marbre, je me fonds avec la table.

– Voici comment je vois les choses. Je sais que votre ancienne société travaille sur le rajeunissement et qu'elle est en train d'aboutir. Malgré nos efforts, nous ne sommes pas parvenus à pénétrer ses secrets, bravo pour votre cyberdéfense. Je veux que vous me les fassiez parvenir. Vous voyez ce corps, le mien ? C'est aussi celui de la Russie, et la Russie est éternelle. Je propose que l'on procède ainsi. Je vous laisse la semaine. Samedi prochain, vous avez la grande manifestation contre cette connerie d'écologie. Si je n'ai rien d'ici là, je vous envoie un premier signal. Si une semaine après, je n'ai toujours rien, je lâche les chiens, des molosses du Caucase, et votre petite histoire s'étalera dans le monde entier.

Je regarde tout autour de moi à la recherche d'une caméra qui guette mon acquiescement.

– Je ne vois pas de quoi vous parlez…

Il a compris que je ne suis pas décidé à tomber dans le piège.

– Je crois que nous allons devenir alliés. C'est beaucoup de sacrifices pour moi, vous savez, parce que j'ai là l'opportunité d'anéantir la démocratie en France et par effet domino de déstabiliser toute l'Europe… Je lis dans votre regard des mots comme traître, agent d'une puissance étrangère, oubliez tout cela, allié, simplement allié. Regardez Loukachenko, le Biélorusse, je n'ai pas besoin de hausser la voix pour qu'on se comprenne. Je vous souhaite un bon voyage de retour.

Il se lève, me fait un petit signe d'une main tremblante et sort en marchant comme il en a l'habitude, un bras fixe quand l'autre s'attache à se balancer en rythme avec sa démarche.

Je suis monté sur le ring avec un air de chien battu et le molosse n'a eu besoin que d'une courte apparition pour me mettre KO avant de s'en aller, déçu d'avoir aussi peu transpiré. À ce niveau d'affrontement, on ne peut pas espérer une seconde l'emporter si on n'est pas soi-même convaincu de sa supériorité. Je n'ai pas su puiser en moi les ressources nécessaires pour douter de son énorme avantage. Il pense me tenir dorénavant. C'est une raison suffisante pour croire qu'il n'y aura pas de déneigeuse sur la piste au moment du décollage.

D'ailleurs il ne neige pas, cette neige seule capable d'égayer ce morne pays.

J'ai rencontré un homme que je pensais d'un autre temps, que j'aurais volontiers vu au musée Grévin de la dictature, un primate imbu de pouvoir et de ses excès, si tant est que le primate mérite cette comparaison. Il suffit d'observer son regard pour comprendre qu'il est fasciné par l'apocalypse et la faculté qu'il a entre les mains d'éradiquer cette humanité qui va lui faire l'affront de lui survivre. Ses enfants devraient suffire à lui donner une perspective au-delà de sa propre disparition, mais en le voyant, on a le sentiment que cela ne contribue pas à calmer sa fureur destructrice. Je repense à l'inauguration de l'hôpital psychiatrique et à ma discussion avec le psychiatre en chef. Je crois me souvenir que nous avions parlé des conséquences de la perte du sentiment de l'altérité. Cette perte provient chez lui du fait que, par peur, plus personne dans son entourage ne parvient à lui tenir un langage de vérité. Enfin, pas trop éloigné de la vérité… Ce qui explique sa dérive psychotique et cette paranoïa habilement entretenue par les États-Unis, qui se verraient bien le mettre à terre avant de s'attaquer à la Chine. Il faut toujours se méfier des gringalets qui puisent dans les brimades de leur enfance une haine insatiable.

Le roi est mort. Échec et mat. Je n'étais pas destiné à régner, je n'avais peut-être pas le niveau mais surtout pas l'expérience. Ce sont les circonstances qui font les hommes. Reagan était un acteur de série B et il a su se muer en shérif intraitable. Zelensky a montré qu'un comédien de seconde zone pouvait jouer durablement le rôle de chef de guerre à la Churchill. Trump a eu moins de difficulté à passer du méchant promoteur immobilier au méchant président de la première puissance mondiale. Mais dictateur, cela ne s'improvise pas, c'est un travail de longue haleine qui demande de grandes aptitudes à se dissimuler dans un premier temps avant de montrer sa vraie nature. Mais celui qui a réussi par la terreur finit par avoir peur de tout.

Je me sens comme si j'avais été projeté contre un mur par une déflagration. J'ai la faiblesse de croire à l'humanisme. Or la tyrannie a de plus beaux jours devant elle, plus que je ne le pensais. Elle pourrait devenir un jour l'ordre du monde si on continue à gâcher nos valeurs par un consumérisme frénétique. Je me donne la durée du voyage pour trouver les clés de mon désenclavement psychologique. Si je ne les trouve pas, je ne serai pas en mesure d'annoncer à mon homologue allemand ce que j'avais l'intention de lui dire.

41

Je dors secrètement à l'ambassade de France à Berlin et je rejoins le chancelier, un homme lisse dont l'apparente fadeur ne dit pas toute sa personnalité apparemment pleine de recoins et de surprises. J'ai demandé à Sénéchal de me retrouver pour gérer en parallèle la crise. Nous avons pris le petit déjeuner en tête à tête et, s'il faisait grise mine en arrivant, il a vite repris des couleurs à l'exposé de mon plan.

– Pour autant, ne devrions-nous pas surseoir à ton idée ?

– Je ne le crois pas. Je vais demander à Schmitter d'observer le secret le plus absolu sur mes intentions et il aura tout intérêt à le faire pour se donner du temps afin de me convaincre du contraire.

Ce sommet de l'axe franco-allemand, les deux principales puissances de l'Europe, ressemble aux précédents : il s'agit d'aligner nos vues pour leur donner un peu plus de poids. De gommer nos divergences aussi et de nous féliciter de la marche de l'Europe, ce colosse aux pieds d'argile, tout en sachant que, par tradition, les Allemands prennent nombre de leurs ordres à Washington et gardent pour les Français un léger fond de mépris. Puis vient ce moment de tête à tête avec le chancelier, qui se montre très courtois, comme à l'habitude. Sans parler de complicité, nous avons au cours des premiers mois de mon mandat bâti une relation chaleureuse en nous efforçant l'un et l'autre d'éviter les rapports de force.

Il soupire d'aise en se laissant tomber dans un fauteuil qui me fait face. Il parle un français fluide sans accent guttural. Je commence :

– Mon cher Dieter, ces derniers temps j'ai beaucoup réfléchi à la question européenne et à ses perspectives. Nous avons élargi la Communauté dans l'enthousiasme de la chute du Mur pour repousser nos frontières le plus loin possible dans l'ancien empire russe. Notre problème aujourd'hui, c'est que l'Europe est rongée par son système de décision. Nous décidons à l'unanimité sur des sujets importants, ce qui donne aux plus petits d'entre nous un poids énorme et disproportionné, et nous fragilise face aux puissances dominantes centralisées. Nous devons passer à un mode de scrutin majoritaire, c'est pour nous la condition de la poursuite de notre engagement.

– C'est-à-dire ?

– Que dans le cas contraire, nous pourrions envisager un Frexit.

– Un Frexit ?

Dieter réfléchit calmement, les yeux dans le vide, puis revient à moi.

– Vous allez annoncer ça ?

– Non, c'est juste une proposition à ce stade. Un électrochoc, si tu veux. Face aux États-Unis, à la Russie et à la Chine, notre système de décision est obsolète. Et je veux que la correction de ce dysfonctionnement soit un des thèmes majeurs de mon mandat, mais tu as ma parole que je ne ferai rien sans ton accord.

Il ne dit rien pendant un long moment, le temps de réfléchir méthodiquement avant de s'exprimer d'une voix prudente. J'imagine qu'il se repasse brièvement le fil de la relation entre la France et l'Allemagne, à l'origine des grands désordres du siècle précédent qui ont conduit au partage de l'Europe entre les États-Unis et la Russie, qui tous deux ne veulent pas démordre de leurs droits sur le vieux continent.

– C'est terrible, ce que tu me dis, et cela peut se retourner contre l'Europe. Poutine donnerait des milliards pour un Frexit.

– Je sais, mais on doit administrer un électrochoc à l'Europe telle qu'elle est. Peut-être faut-il la reconstruire avec seulement les nations les plus décidées à faire de nous une vraie puissance. On ne pourra pas toujours compter sur les Américains, ce serait une folie. C'est tout ça que je veux exprimer et je n'ai évidemment aucune intention de sortir seul de cette communauté.

– Tu me promets de ne rien laisser fuiter avant que nous trouvions un accord ?

– Évidemment, ce que j'envisage, c'est un coup de force commun où je suis prêt à jouer le rôle du vilain.

Le sommet se finit cordialement.

42

Trois jours ont passé depuis notre rencontre et mon ministre des Affaires européennes se fait l'écho de la fébrilité de notre partenaire allemand.

Au matin du quatrième jour après ma visite à Poutine, une nouvelle fait les gros titres de la presse française et alimente l'information en continu, qui a convoqué ses experts, inlassables commentateurs d'une information qui, une fois encore, fait oublier les autres.

Le directeur d'un journal d'investigation vient de révéler comment un homme d'affaires russe, probablement aux ordres de Moscou, lui a fait passer de faux documents visant à accuser le président de la République de fraude fiscale.

Les documents présentés et analysés sont en fait les vrais documents de la transaction de cession de mes parts telle qu'elle s'est déroulée. Ces papiers sont ceux que le Russe avait l'intention de proposer à la presse après le feu vert de Poutine. Mais on l'a pris de vitesse et ces vrais contrats que le Kremlin a récupérés grâce à des prodiges informatiques, on les fait passer pour des faux concoctés par les services russes pour me nuire. Le travail de ces trois derniers jours a consisté à produire des faux que l'on présente comme les vrais contrats et qui ne révèlent aucun manquement aux règles fiscales. Ainsi le vrai est devenu faux et le faux est devenu vrai. Je n'ai pas sorti mon roi de sa position d'échec, j'ai simplement renversé la table comme si aucune partie n'avait jamais eu lieu, seule méthode qui vaille face à Poutine, qui fait de la politique comme un parrain sicilien.

Pour arriver à mes fins, l'aide de mes compères a été diligente et précieuse. Les gentils GAFAM ont compris que la démocratie en France était plus que compromise, sur le point d'être soufflée par un ouragan médiatique conduisant à la déchéance de son président. L'ultime preuve du triomphe de Poutine dans sa volonté de déstabiliser l'Europe en terrassant celui qu'il considère comme son maillon faible. Le patron du journal d'investigation qui a accepté de jouer le jeu sans savoir exactement ce que le Russe allait lui fournir a montré un niveau de conscience élevé de ses responsabilités, preuve que les convictions peuvent parfois prévaloir sur les considérations de réussite et d'argent. S'il n'avait pas été lui-même propriétaire de son journal, il aurait probablement été autrement sous la pression d'actionnaires peu sensibles à la dimension éthique des médias.

Nous avons d'une certaine façon abusé cet homme en parvenant à le convaincre que le Russe allait lui proposer des faux, à moins que, ne doutant pas de leur véracité, il ait préféré se ranger de notre côté pour éviter que je sois balayé par le scandale. Cette seconde option paraît la plus vraisemblable et je n'hésite pas à lui téléphoner pour le remercier.

La contre-offensive a été menée de main de maître par Sénéchal en utilisant tous nos appuis disponibles dans la sphère numérique. La CIA nous a également apporté un support logistique. Sénéchal a recouru directement à un de ses contacts pour intervenir auprès d'une banque récalcitrante à l'idée de falsifier certains documents. J'imagine qu'il l'a fait en collant son téléphone à l'oreille d'une main, l'autre tirant sur la laisse de son chien. Le plus fort, c'est qu'il est parvenu à faire intervenir un agent de la CIA sans mobiliser l'agence elle-même, ce qui évitera dans le futur des demandes de réciprocité.

Le soulagement est de taille.

En me retrouvant le soir dans mes appartements privés au palais, j'ai un sentiment de succès vite relativisé par l'amertume du mensonge. Sans en être là, j'ai compris à ce moment précis ce qu'un ancien président maniaco-dépressif avait pu ressentir dans sa longue vie politique quand, à de multiples reprises, après avoir terrassé ses adversaires, il s'était senti aspiré par une profonde mélancolie qui lui renvoyait le vide de son existence en dehors de ces moments de lutte où il faisait preuve d'une énergie redoutable.

Je ne vois personne à appeler pour couper court aux vertiges de la solitude, quand me vient tout à coup une idée.

Elle met longtemps à décrocher. Elle s'en excuse.

– J'étais partie coucher mes poules.

– Je pensais qu'on ne les couchait qu'à la nuit tombée.

– Non, à la nuit tombante.

– Et votre… ma… notre fille ?

– Elle dort déjà.

– Elle dort facilement ?

– Elle est très paisible. Vous n'avez pas eu le temps de vous en rendre compte quand vous êtes venu mais c'est un petit bonze.

– Je me demande de qui elle tient ça !

– C'est étrange, cette histoire.

– Quelle histoire ?

– Cette enfant que nous partageons alors que nous nous connaissons à peine.

– C'est le principe des mères porteuses, on l'a accepté au départ. Mais c'est vrai qu'en règle générale un enfant résulte d'une famille, et là nous partons d'une page blanche, tout est à l'envers.

– Je me rappelle que ni vous ni votre femme n'avez voulu me rencontrer avant l'insémination.

– C'est vrai et c'est ma faute, je ne voulais pas…

comment dire, m'attacher à vous, faire de vous une vraie personne et la vraie mère de l'enfant. Mais dès le moment où ma femme s'est désistée…

– Vous regrettez ?

– Quoi ?

– Alma.

– Oh non ! Jusqu'à l'autre jour, elle était très conceptuelle, maintenant c'est une réalité et je n'ai aucune intention de me soustraire à mes devoirs de père. Et j'espère que vous accepterez de rester sa mère.

Elle rit d'un rire clair.

– Est-ce que j'ai le choix ?

S'ensuit un long blanc que j'interromps par une question :

– Vous n'avez pas l'intention de déménager, n'est-ce pas ?

– Bien sûr que non. J'ai porté notre fille pour gagner l'argent nécessaire à l'acquisition de cette ferme, ce n'est pas pour en partir. Pourquoi ?

– Cela veut dire que pour passer du temps près d'elle, je dois acheter une maison près de chez vous.

– Dans un premier temps, vous pouvez habiter chez moi quand vous venez, j'ai une chambre d'hôte. Elle est simple.

– Je vous la louerai.

– Si vous voulez.

– Vous êtes vraiment autosuffisante ?

– Oui, nourriture, eau du puits, électricité solaire,

chambre d'hôte, ma surface me permet de vivre et de faire vivre ma... enfin notre fille.

– Vous avez quelque chose contre la société telle qu'elle est ?

– Non, mais elle ne m'intéresse pas. Je ne veux pas passer la moitié de ma vie sur un écran, je ne veux pas vivre virtuellement, je ne veux entrer dans aucune compétition, je veux juste travailler ma terre pour subvenir à mes besoins et à ceux... d'Alma et me garder du temps pour lire et penser par moi-même.

– Je vais vous verser une pension, comme si on était divorcés.

Elle rit.

– C'est ça, les gens devraient tous commencer par divorcer avant de se marier. Enfin, je ne parle pas de nous...

– J'avais compris.

J'ai insisté encore une fois pour qu'elle fasse attention à ce que la présence de ma fille auprès d'elle ne s'ébruite pas.

– Sinon vous allez être cernée par les agités qui viendront voler des photos de l'enfant et de vous. Vous n'avez pas de voisin immédiat qui pourrait moyennant rémunération leur permettre de planquer chez lui pour vous observer ?

– J'ai un voisin immédiat, un responsable local de la FNSEA. On ne se parle pas, il pompe la nappe phréatique pour son agriculture de dégénéré et il essaie de me piquer des terres pour avancer vers ma source et peut-être un jour m'en voler l'accès. C'est la brutalité au service de la cupidité. Je l'ai surnommé Poutine.

– Je vais vous envoyer quelqu'un pour le calmer, j'ai l'expérience de ce genre de personne.

On se quitte avec l'idée de s'appeler régulièrement, au moins deux fois par semaine, et ma promesse de venir leur rendre visite une à deux fois par mois.

J'ouvre la fenêtre pour prendre l'air. Ce jardin au milieu de Paris au crépuscule a quelque chose d'incongru. L'air qui entre est d'une tiédeur inquiétante alors que novembre approche. Il n'a pas plu en France ou quasiment pas depuis fin avril. Selon une note du renseignement intérieur, la guerre de l'eau est engagée dans les campagnes, où elle pourrit les relations entre les gens. La civilisation n'est un modèle que pour des gens rassasiés. On ne va pas vers le meilleur des mondes. La grande manifestation aura lieu samedi et la prévision du nombre de manifestants qui ne veulent pas voir leur liberté bafouée par la réalité de leur comportement de pollueur occidental ne fait que croître.

L'heure de vérité approche.

43

Les deux jours suivants, les réunions se multiplient avec les acteurs de la force publique. Tout l'Intérieur défile devant moi d'une humeur maussade parce que chacun se prépare au pire et se demande comment il va protéger sa carrière et ses ambitions si l'événement tourne mal. Pour finir, je subis un exposé détaillé de la façon dont on pourrait m'évacuer par les souterrains de l'Élysée si le cordon de sécurité autour du château venait à être submergé. Cette succession d'entretiens, de conciliabules et d'échanges d'informations ne nous fait pas avancer mais permet à chacun de se rassurer par sa participation à l'impuissance collective.

Adèle resurgit subitement dans ma vie agitée. Selon Marion, par je ne sais quel prodige, elle serait au courant de la relation pour le moins épisodique que nous entretenons tous les deux. Marion a, comme prévu, coupé les ponts avec elle. Celle-ci, sans ressentir à proprement parler de jalousie, souffre d'un sentiment d'exclusion et menace Marion de la désigner comme bénéficiaire de la poudre qu'elle transportait, ce qui ne manquerait pas de relancer l'affaire et de la rapprocher encore un peu plus de moi. Au point où on en est…

On se serait cru un dimanche d'élection quand le candidat sait qu'il ne peut plus rien faire. Sauf qu'on était samedi et que deux millions de Français se rassemblaient pour manifester « leur inquiétude et leur colère ». Des enquêtes d'opinion montrent que dans leur grande majorité, les Français sont heureux. Comment ce bonheur, cette inquiétude et cette colère, et une consommation record d'antidépresseurs, s'articulent-ils ensemble ? On peut l'analyser en se disant que cela ne concerne pas forcément les mêmes personnes, ou alors que la crainte de voir son bonheur s'échapper crée de l'inquiétude et de la colère devant l'absence de réponse de l'État à cette angoisse. Pour la dépression, en règle générale, sauf traumatisme particulier, on sait qu'elle provient souvent d'une incapacité à accepter le monde tel qu'il est et du sentiment d'impuissance à le changer. On en vient ainsi à se punir soi-même en se dépréciant. De l'embrasement des gilets jaunes, il n'est resté au fond que le dénouement médiocre fait d'aides bricolées dans l'urgence et d'un abandon vaguement honteux de toute idée de taxe carbone. Le mouvement qui se fédère sous mes yeux n'a guère plus d'avenir.

Nous sommes trois, Sénéchal, le shiba inu et moi, à passer la journée dans mon bureau au téléphone et devant les chaînes d'information en continu qui dramatisent l'événement au-delà de toute décence. La police, lors de contrôles et de fouilles, a déjà confisqué un grand nombre d'armes ou autres matraques, des nunchakus qui montrent la volonté d'en découdre avec les forces de l'ordre vues comme le bras armé d'un État oppresseur au service des ultrariches. Bon, pas d'armes à feu à ce stade.

On n'en est pas encore au tsunami mais c'est quand même la première grande manifestation de mon mandat et j'ai vraiment le pressentiment que les événements vont mal tourner, mais jusqu'où ? Pour se détendre on se congratule, avec le secrétaire général de l'Élysée, du succès de notre contre-offensive contre Poutine.

– Il m'a convoqué en s'imaginant que j'allais lui donner la recette de l'élixir de jeunesse et le mener tout droit au saint Graal. Je n'avais pas imaginé qu'on puisse se comporter avec autant de morgue entre chefs d'État. Mais j'ai fait arrêter son sbire et on n'est pas près de le relâcher.

– Il va se venger, c'est Ivan le Terrible, dit Sénéchal.

– Je n'ai aucun doute là-dessus.

Je vais allumer une cigarette à la fenêtre de mon bureau et je lui dis en regardant le jardin :

– J'ai vu un homme bestial au sens où son cerveau n'est articulé qu'autour du pouvoir. Un être humain foncièrement primitif qui marche résolument vers le néant. Avec des gens comme lui à la tête d'États importants, on sait que la question du climat est pliée, qu'on n'évitera pas la catastrophe ! Ma réforme, pour laquelle les gens vont mettre à sac le centre des villes, a, en vérité, toutes les chances d'échouer.

Voilà pourquoi je ne peux pas renoncer.

44

La manifestation s'est passée sans heurts particuliers avant qu'elle commence à dégénérer en fin de journée sous la pression, comme toujours, des extrémistes. Des affrontements traditionnels qui font des victimes sans gravité de chaque côté, lesquels s'ajoutent aux dégradations habituelles.

Mais quand je commence à envisager de soupirer, tout s'affole. Les images, les appels des uns et des autres se multiplient. Une dizaine de manifestants plus ou moins radicaux gisent sur le sol, atteints par des balles dont tout montre qu'elles sont réelles. Nous venons d'entrer dans un autre monde.

Aucun policier tué ou blessé mais au final sept femmes et hommes allongés sur le trottoir, sans vie. L'horreur aussitôt relayée par les télévisions, les radios, les sites internet du monde entier. Un désastre.

Pour beaucoup, j'ai la double responsabilité d'être à l'origine du projet de loi qui a cristallisé la colère et de ne pas avoir su empêcher les forces de l'ordre de tirer sur des manifestants, certes violents, mais pas au point de nécessiter une riposte par balles. On n'a rien vu de pareil en France depuis la guerre d'Algérie, dont personne ne se souvient. La police d'une démocratie avancée a tiré sur le peuple !

Nous sommes au bord d'une révolution, c'est en tout cas le message qui m'est transmis par les participants à la cellule de crise montée dans la panique. Personne dans mon entourage n'est capable d'identifier les auteurs des tirs mais tout incrimine la police. La manifestation sur le point de se disperser s'est partiellement reformée avec ses éléments les plus durs qui voient dans ces morts l'annonce prometteuse d'une guerre civile. Les heures passent et nous n'en savons pas plus. J'ordonne que l'autopsie des victimes ait lieu dans la nuit.

Au petit matin, alors que je n'ai pas encore dormi, la nouvelle me parvient que les balles sont celles qui équipent les armes de la police. Le clou s'enfonce douloureusement dans mon estomac. Mais comment ont-ils pu tirer sans que personne les ait vus ? Que fait cette nullité que j'ai nommée ministre de l'Intérieur ? On me passe en boucle les images des caméras de surveillance de la portion des Champs-Élysées où s'est passé le drame. Des manifestants en cagoule attaquent la police violemment, celle-ci recule puis mène une contre-offensive avant de se regrouper à nouveau. Puis soudain, dans un nuage de gaz lacrymogènes, on voit un manifestant s'effondrer sur le sol, suivi à intervalles réguliers par les autres victimes.

Nous avons passé la nuit dans la salle de réunion attenante à mon bureau sans dormir.

En milieu de matinée, mon conseiller à la sécurité s'approche de moi.

– J'ai une nouvelle. Je vous laisse apprécier si elle est bonne ou mauvaise.

– Qui vient d'où ?

– De l'Institut médico-légal.

– Et donc… ?

Sénéchal qui somnole en face de moi en profite pour se rapprocher.

Mon conseiller reprend :

– L'angle des tirs. L'angle de pénétration des balles dans le corps des victimes montre que les tirs viennent des hauteurs d'un immeuble, ou même d'un toit.

– Un sniper donc…

– Probablement.

Mon conseiller va rejoindre les autres responsables du maintien de l'ordre qui discutent par petits groupes dans la salle de crise. Sénéchal me glisse d'un ton neutre à voix basse :

– Ivan le Terrible s'est vengé. Le problème avec les Russes, c'est que l'idée est bonne mais l'exécution, souvent hasardeuse.

On a ensuite beaucoup épilogué, moi en particulier,

face aux Français, depuis l'Élysée, sur le fait que ce drame était, j'en avais la certitude, l'action de forces de provocation liées à l'étranger, cherchant à faire entrer le pays dans un cycle infernal de violence et à en rendre responsables l'État et ses forces de l'ordre. J'ai ensuite très vite fait fuiter que cette opération était à l'initiative des Russes.

Pendant ces journées d'insurrection et de violence qui ont accaparé les médias, une nouvelle est passée complètement inaperçue. Sénéchal est venu m'en informer discrètement en compagnie de son chien.

– La pourvoyeuse de poudre…

– Oui ?

– Elle est à Cochin.

– Pourquoi ?

– Elle a fait un AVC.

– À son âge ?

– D'après un spécialiste de mes amis, les AVC chez les jeunes se font souvent autour de vingt-six ans…

– Et comment va-t-elle ?

– Elle est hors de danger vital mais elle ne reparlera qu'après une longue rééducation.

– La pauvre.

– La pauvre ? Oui, bien sûr, mais on peut aussi le voir comme une chance, vu qu'elle était sur le point de signer pour un livre où elle allait raconter toute l'affaire.

Hugo me fait face dans mon appartement de fonction. C'est notre premier tête-à-tête depuis mon élection et je suis d'autant plus heureux que j'ai l'esprit libre. Nous nous sommes toujours parlé en toute franchise et il n'y a aucune raison d'y renoncer en ce moment.

– Alors, comment ça se passe avec Vanessa ?

– Très bien, mais je veux m'expliquer.

– Ce n'est pas nécessaire, tu n'as pas à te justifier, notre couple se décomposait, tu as soufflé dessus, il s'est effondré, vous avez construit sur ces ruines un nouveau projet et j'en suis sincèrement heureux pour vous.

– Et pour l'enfant ?

Je sens que son sort l'inquiète.

– Je fais face. Et tu sais quoi ? Tu vas rire. Mais ça reste entre nous, hein ?

– Tu peux me faire confiance.

– Je sais. Eh bien, je ressens comme un penchant pour la mère !

– Non ? Ce serait une drôle de reconfiguration.

– Ça n'arrivera peut-être pas…

Mon téléphone sonne. Je décroche. J'écoute et je raccroche en m'excusant :

– Désolé, on me prévenait que les parlementaires vont voter ma loi verte. Tout arrive ! En contrepartie, j'ai promis d'abandonner mon projet de démocratie directe, de Chambre virtuelle. Voilà une bonne nouvelle, non ?

Notre conversation a à peine repris que Sénéchal fait irruption dans l'appartement, le visage décomposé.

– On vient d'apprendre qu'un phénomène sismique de grande ampleur est sur le point de se déclencher au large de la Méditerranée. On l'attendait dans les vingt-cinq années à venir mais il est là.

– Conséquence ?

– Un énorme raz de marée sur la côte, Nice en particulier, avec des conséquences terrifiantes.

– Un séisme naturel, tu es sûr ?

– Oui, on fait évacuer ?

– Degré de certitude ?

– Quatre-vingt-dix pour cent.

– Fais déclencher tous les plans d'urgence.

– Je te tiens informé.

– Je te rejoins dans mon bureau dans cinq minutes.

Il repart comme il est venu, je regarde Hugo, les yeux exorbités.

– Un tsunami !

Hugo fronce les sourcils.

– Le sort est injuste, les retraités de la Côte d'Azur t'ont élu pour que leur vie soit rallongée et la voilà sérieusement écourtée !

– On ne peut pas tenir ses promesses avec tout le monde !

Hugo parti, je rejoins la nouvelle cellule de crise

mise en place. Sur le trajet mon téléphone vibre. Un texto de ma mère m'informe que mon père est mort. On a souvent dit qu'une des choses qui liait les présidents successifs sous la Ve République, c'était leur relation désastreuse avec leurs pères respectifs. En tout cas, le mien a quitté ce monde et j'ai, je crois, compte tenu des circonstances, une bonne raison de ne pas assister à ses obsèques auxquelles je ne suis de toute façon pas convié. D'autant que l'enterrement devait se dérouler à Nice.

C'est ce qu'on pourrait appeler une happy end.

DU MÊME AUTEUR

LA CHAMBRE DES OFFICIERS, 1999.

CAMPAGNE ANGLAISE, 2000.

HEUREUX COMME DIEU EN FRANCE, 2002.

LA MALÉDICTION D'EDGAR, Gallimard, 2005.

UNE EXÉCUTION ORDINAIRE, Gallimard, 2007.

EN BAS, LES NUAGES (recueil de nouvelles), Flammarion, 2008.

L'INSOMNIE DES ÉTOILES, Gallimard, 2010.

AVENUE DES GÉANTS, Gallimard, 2012.

L'EMPRISE, Gallimard, 2014.

QUINQUENNAT, Gallimard, 2015.

ULTIME PARTIE, Gallimard, 2016.

L'HOMME NU (avec Christophe Labbé), Robert Laffont et Plon, 2016.

ILS VONT TUER ROBERT KENNEDY, Gallimard, 2017.

INTÉRIEUR JOUR, Robert Laffont, 2018.

TRANSPARENCE, Gallimard, 2019.

LA VOLONTÉ, Gallimard, 2021.

CONTER LES MOUTONS, J.C. Lattès, 2022.

L'HOMME SANS CONTACT (avec Christophe Labbé), L'Observatoire, 2022.

PAYSAGES TROMPEURS, Gallimard, 2022.

Imprimé en France par CPI Bussière en mai 2023
Composition : IGS-CP
Éditions Albin Michel
22, rue Huyghens, 75014 Paris
www.albin-michel.fr

ISBN : 978-2-226-47810-8
N° d'édition : 25171/03 – N° d'impression : 2071586
Dépôt légal : avril 2023
Imprimé en France